知乎

有 问 题　就 会 有 答 案

人生没有
标准答案

知乎研究院

著

北京联合出版公司
Beijing United Publishing Co.,Ltd.

序 一

一

知乎已经走过 12 个年头。

创建知乎时，我们不敢奢望，会有亿万用户来到这里。也无法想象，他们会如何使用这个平台，会发生怎样的故事？我们更好奇的是，与时代同行，知乎发挥了怎样的作用，该如何做得更好？

为了找到这些问题的答案，我们走近用户，希望了解他们的精彩故事，讲给更多人听。

这本书，是知乎答主故事的合集。我们欣慰地看到，在这里，有人找到了自己的解答，有人遇到了有趣的灵魂，有人点亮了生活的灯盏，有人锚定了人生的航向……

我们不想夸大知乎的价值，但希望读者能透过知乎这扇窗，看到那些寻常又不寻常的生活，看到中国和时代的画像。

知乎最大的特色是问答。问答是一种文化基因，始终影响文明延续的方向。某种程度上，世界的本质不是阿拉伯人发明的 10

进制，也不是莱布尼茨创立的 2 进制，而是"问"进制。

作为网络社区，知乎用开放的心态欢迎每一位用户，但我们旗帜鲜明地捍卫科学理性，推崇独立思考，反对愚昧反智，打击嘲讽谩骂。

网络社区，是人们相互帮助的工具，是让人们变得亲密的方式。也正因为这样，知乎具有互生再造的魅力、互洽共荣的活力、自驱生长的动力。

很多人问我，知乎到底长什么样子？

知乎像一个规模空前的虚拟咖啡馆。我们穿梭于此，或者仔细聆听，或者高谈阔论，大家君子之交，和而不同。

虽是虚拟空间，但知乎始终与真实世界同频共振。真实到虚拟的切换，只是指尖与屏幕的轻轻一滑。在一问一答的交谈里，在赞同和关注的互动中，现实的热闹和寂静，温暖和凄冷，欢喜和烦恼，被一字一句、一屏一帧地记录下来，相互传递，相互启发。时事热点，在这里解读剖析；质疑传言，在这里辨明澄清；观点态度，在这里碰撞激荡。

世界需要一个敞开心扉的交流空间，需要一个认真友善的讨论场景，需要一个高效求解的问答场所。而知乎，借助科技互联的力量，承担起这份使命，把问答的能量成倍激发。

知乎活跃用户中，青年的占比很高，他们承载着民族和文明的希望。知乎有责任更好地为他们提供服务，进而让世界变得更好，这是知乎在时代背景下的价值坐标。

我们希望，人们在这里能够收获智慧，为更好的生活提供帮助；人们在这里能够获得温暖，为更好的精神提供支撑；人们在这里能够凝聚成向上的态度，为更好的世界提供力量。

周源

知乎创始人、董事长、首席执行官

序 二

—

哲学家培根说：读史可以明志。我小时候写作文最喜欢引用这句。后来上课学习历史的时候，我就特别认真，希望这些知识可以帮我穿透迷雾，"明"我的"志"。可当我读的书越来越多，我发现培根还说过，世事变易的转轮，看得太久会让人头晕。

读史当然可以明志，但更多时候，我们还是会在现实生活中遇到各种各样的困惑，我们必须要走入生活，才有可能驱散这些迷茫。我有一个特别的办法，那就是去看当下的一切，去观察那些活生生的人。有段时间我特别喜欢上知乎看陌生人分享自己的经历和生活，每个人对我来说，都是一面可以映照出自己的镜子。巧了，本书就是知乎用户故事的合集。有时候人需要歇一口气，让思想抛开社会时钟的束缚，跳出奔忙的日常，与同道中人一起触碰灵感，在大众的共鸣中消解惆怅。

希望读到本书的人，在面对压力的时候，都能保持乐观；

在面对逆境的时候，都能坚定信念。人生不是简单的一张考卷，哪儿有什么标准答案。

学着解放自己，余生皆是假期。

李雪琴

喜剧创作者

目　录

01　守望初心：
　　　择一事，终一生

我们渴望慧眼，从浩瀚星空中找到属于自己的北极星。我们追随热爱，在喧嚣、孤独甚至黑暗中朝着现定的方向前行。

02　诗意人生：
　　　生活也可以在别处

也许现实让我们改变了航向，但那些把诗意生活付诸实践的人，仿佛在提醒我们：原来生活也可以在别处。

03 拥抱变化：
时代潮流奔涌向前

当你面临重要选择时，或许可以放下一切惆怅和失落，问问自己，究竟喜欢做什么，想成为怎样的人。

04 寻找意义：
既度己，也救人

与黑暗共处，是我们难以逃避的命题。但，总有一束光可以照亮你的至暗时刻。这束光，让你我获得救赎，拥有对抗黑暗的智慧与力量。

05 点滴智慧：
再小的烦恼也有解药

在知乎，再小的烦恼，也有智慧的解药。答主，不再只是一种身份，也成了一份可能带来丰厚收益的职业。

06 双向奔赴：
原来你也在这里

万水千山也许注定相遇，我们一起奔向彼此。双向奔赴不一定是爱情，也可以是亲情、友情和激情。

_01_

守望初心：

择一事，终一生

人生总会面临很多选择，大到学业、事业和婚姻，小到生活中的衣食住行。特别是在这个万花筒般令人目眩神迷的时代，选择和诱惑无处不在，坚守似乎成了一种稀缺的品质。

我们渴望慧眼，从浩瀚星空中找到属于自己的北极星。我们追随热爱，在喧嚣、孤独甚至黑暗中朝着既定的方向前行。我们守望初心，在时间长河中对抗浮躁、虚无和平庸，收获穿越岁月的笃定和从容。

「 飞檐走壁朴小胖 」

在 600 年
历史里
定位自己

—

30 岁生日前，朴世禺收到了期待已久的特别礼物。他在知乎 8 年答题积累的精彩内容，被集纳编辑成书。

拿着这本《藏在木头里的智慧：中国传统建筑笔记》，朴小胖抬起圆圆的头，瞪着圆圆的眼睛，眉毛微微挑起，露出标志性坏笑："后半句是我起的，本分，严谨，前半句是编辑想的，略显浮夸了点儿。"

成长在黑龙江鸡西，朴小胖带着东北人的幽默。总是自己面无表情，就逗得大家前仰后合。有网友评论说，他是最符合知乎气质的答主——远看不起眼，但走近了细细观察，越发觉得有滋味、有魅力。

居住在二环内，工作在一环里。一辆 Master 牌自行车，是他在北京的交通工具。每天上下班时段，在这个大国首都最核心的交通要道上，都能看到他悠然骑车经过的身影。同事们对这辆擦得锃亮的自行车做了点小动作，在 Master 后贴上了 "of xieyin"，意指他是"谐音梗大师"。

虽然并不算胖，但他总认为自己还需继续完成减肥大计；作为从事古建筑修缮保护的专业人士，日常工作他总要爬上爬下，去勘察、检测建筑状况，记录施工过程，因此给自己取名——飞檐走壁朴小胖。

特别的 30 岁礼物

这份特别的礼物，他很早就开始酝酿了。他每一次在知乎上的认真答题，都是在为这份礼物"添砖加瓦"。

他敬仰的日本建筑史学者太田博太郎，写出建筑史领域经典之作《日本建筑史序说》时，只有 27 岁。朴世禺受到鼓舞，下决心要在 30 岁前完成一本个人专著，"算是给自己 30 岁前的学业与不务正业一个交代"。

8 年前的夏天，正在复习考研的朴世禺，得知专业课试卷上只有 5 道问答题后，决定把知乎当成自己模拟考试的习题册。一边总结所学知识，一边找到考研感觉，他每一题都答得认真严谨。

"把回答当成论文，慢慢写，慢慢攒，没想到一直写了 8 年，成了一个谱系。"后来，有出版社通过知乎联系他，商定出书事宜，他借此机会整理了所有回答。

这本书在豆瓣上的评价人数不多，但评分很高，还获评 2020 年 12 月中国好书。同期入选榜单的，还有故宫博物院原副院长晋宏逵的《故宫营建六百年》。

极简人生

朴世禺的成长环境很简单。

父母都在鸡西矿务局工作，在这个类似"独立王国"的系统里，他一路上学，读的都是矿务局系统下的一小、二中、一中，同学、朋友全都在系统内，相互都认识。妻子和他青梅竹马，岳父母和父母是大学上下级校友，共享同一个班主任。因此，双方父母的社交圈高度重合，他和妻子的婚礼也被办成了家长的校友会。

他从小就对建筑画图着迷。父母常会在家里放一些采矿设计的蓝图、施工图，他觉得"图纸很好看"，后来大学专业就选择了建筑设计，"能画图就挺开心"。

在北京大学建筑学研究中心获得硕士学位后，他进入故宫博物院工作。妻子也从事建筑相关工作。矿业体系陪伴了他的童年、少年，建筑行业陪伴着他成年之后的生涯，乃至整个人生。

他目前的生活极其简单，甚至到了单调的程度。每天早上8点去故宫上班，下午5点半（夏天）或5点（冬天）下班。回家后不是看书，就是睡觉。仅有的一点运动，不过是工作间隙在故宫里骑车或步行穿梭，以及下班后妻子拖着他下楼散步。

他常年在停放自行车的地方，以同样的视角拍摄当天护城河东北角的照片，"好多人以为我在搞艺术，其实没有什么特别意义，就是那个地方有一小块稍微坏了一点，是一个很好的标记"。

他很少为工作以外的事操心，眼镜坏了都由妻子帮忙配换。平时也没什么娱乐活动，偶尔陪妻子看看宫崎骏、梦工厂的动画。

他是过敏体质，不养宠物。唯一一只和他"有羁绊"的猫，是读研时总趴在他电脑键盘上取暖的豆豆，如今也去世了。

每一本书都是工具书

真实世界里，朴世禹过着简单的生活，但他的精神世界，却另有一片广阔天地。

他对所有建筑都有兴趣，对所有相关书籍都痴迷。买来的书，堆满了家里的 10 个书柜。为了放置这些书柜，他还自己动手改造了家里的布局。

他很少看"闲书"，甚至不认为有什么书算是闲书。因为不管读什么书，他总能从中找到自己感兴趣或需要的知识，"每一本书都是工具书"。

他上次看小说，还是 2020 年新冠肺炎疫情期间看的《圣殿春秋》。他关注的，也不是内容和情节，而是书中关于怎么盖教堂的技术描述。

"一般人只看故事情节，把那部分跳过去。而我就看得特别开心。因为作者对这个行业相当了解，所以他描述的好多技术问题还是挺靠谱的，而且他的表达很有趣。"

他最近在读《书籍的历史》，讲述印刷书籍如何诞生和传播。之所以看这本书，是因为他最近负责一项测绘文渊阁的任务。

"文渊阁的设计应该非常精密，测完觉得可能四库全书的开本决定了它的书架的尺寸，进而决定了建筑的尺寸，所以我就想接着看看书的开本是怎么定的，就找这些关于制造、裁切的书来看。"

他遇到问题喜欢钻研，但有时候也会跑偏。说到这一点，他忍不住轻笑了一下，像是在自言自语一样地喃喃道："领导给的任务是测绘，我却开始看造书。"

但是，笑完之后，他的表情很快又回归了淡然，看不出一丝情绪，"什么都看一下，挺有意思的。"

好问题永远是第一位的

朴世禹不仅花大量时间获取各类新知识，还喜欢通过在知乎答题，总结和输出建筑专业知识。知乎不仅是他的习题册，还成了他深度思考问题、与他人交流的重要空间。

他建立了一套自己的知乎答题标准。

在知乎答题比写论文轻松，"因为不用交代背景，默认提问者知道，也不用做文献综述"。

他对问题十分挑剔，只有好问题才能激起他的回答欲望。他关闭"付费咨询"功能，拒绝无聊提问，"也不确定自己的经验对别人有没有帮助，拿到钱心里还有愧疚"。

在他看来，永不过时的问题才是好问题！"华表为什么要叫作华表？"知乎的这个问题下，大多数人都觉得无聊，他却格外喜欢。

古建筑"牙医"

毕业后，同学们大多去了建筑设计院，或者房地产企业。朴

世禺入职故宫博物院，走了一条鲜有人问津的路。

"大家都觉得做标新立异的地标建筑更有成就感，做古建筑受到鄙视，更何况是做古建筑修缮。"但朴世禺认为，只要会画设计图，建筑事务所什么时候都可以去。"故宫博物院能接触现场，又只招应届生，机会太难得。"

他在知乎上详细描述了自己的工作日常："实际工作中的体验可能更像牙医面对一颗颗牙齿——先结合各种技术手段检测分析各个位置每颗牙齿的健康状况，根据检测情况综合决定是拔掉重新下钉种牙、剔除龋齿部分再补还是简单洗牙之后注意勤刷牙漱口保养即可等干预策略；在决定好策略后，要考虑的是以怎样的方式下钉、用什么材质的钉或怎样的修补材料等现实问题才能同时满足易操作、耐用而又低成本……所以目前大概算是个见习牙医。"

他眼中的建筑是有独特"气质"的，"建筑的气质是一个很玄的东西，比方说工匠在加工的时候，可能测量描述出来的数据差不多，但不同的人做出来的东西就真的是不一样"。

正是因为他能体会建筑的"气质"，所以对他来说，"文物建筑保护工作真的一点儿都不枯燥"，和老师、同事的交流"总是令人愉悦，并能从不同视角获得不一样的一把把小锤子，时不时地敲打敲打自己的知识体系听听声音，看看哪儿还有裂缝儿再修补修补"，"关于现场就更不用说了，还有什么比一个建筑师能随时出现在一线更激动人心的事儿呢？"

建筑就是他的生活，正如他的知乎介绍写的那样："测房子修房子，偶尔改房子，也想盖房子。"

在 600 年历史里定位自己

"故宫明朝建成，到今天已经 600 年了，有多少人曾经从事着和我一样的工作？今天，接力棒传给我们这些人，这里面有一种使命。"

与每一块古建筑木头的触碰，都是在跟历史中的人物对话。朴世禺带着一种独特的历史纵深视野，感受今天的世界，定位人生的意义。因此，他和当代普通人有着不一样的价值观，有着非同寻常的理解和应对方式。

他不急着赚钱，因为自己没什么需要花钱的爱好。"现在的收入可以支撑我看书喝酒的花销，所以钱还够用……至少还没穷疯。"

严寒盛夏，他或蹲或站在房顶、横梁，看工人一点一点地粉刷、修瓦，一看就是一整天。"很多细节知识，学问大了，你不盯着现场看，就永远都不可能知道。"

在知乎看到精彩的提问后，他一般要思考两三个月，不停地打腹稿，等思考成熟了，才会动手去写。他给自己定的目标是每月写一个回答，所以 8 年才积累 100 多个，但每一篇都质量上乘，也才有了编纂出书的可能。

他梦想着以后继续攻读建筑学的博士，最终能够在建筑史某个细分领域，留下自己的名字。"也不至于名垂青史这么大，就是给行业做一点事情。"

朴世禺是一个坚定的唯物主义者，他钟爱看得见摸得着的物件。

"儒家说，格物、致知、诚意、正心、修身、齐家、治国、平天下，我觉得这辈子可能就停留在格物上，能把物质文化多研究明白点，就挺有意思了。"

「 小云哥哥 」

记录
正在消失的
语言

—

外国狗能听懂"嗷嗷嗷"的意思吗？

为什么东北话传染性这么大？

哪些语言有别出心裁的脏话？

若多年后地球统一语言，中国普通话有多大机会？

假设外星人真的来到了地球，他们能听懂我们说的话吗？

为什么汉语里在一句话中出现两个"的"字会让人感到别扭？

看见这些问题，小云哥哥总是忍不住回答。他对所有语言相关的问题都感兴趣，尤其关注那些小众的、快要消失的语言，"弱势的语言总是会消失，但我们要想办法记录它"。这是他身为语言学家的本职工作——"记录语言，记录那些正在消失的弱势语言，记录它们消失之前留下的痕迹"。

在语言大熔炉中发掘天赋

小云哥哥对语言的兴趣，来自他观察到的一个细节——同是潮汕话，同样的字却有不同的发音。

比如，在潮汕话的不同方言中，"猪"这个字就至少有三种不同的发音——"tur、tu、ti"。这个发现让他十分震惊，开始每天记录班里潮汕同学的对话，自学国际音标，试图找出不同潮汕话方言之间的关联。"当时的直觉印象是，它们肯定是从一个地方发展出来的，所以需要知道它们的共同祖先是怎么发音的。"这就是"语言的构拟"。

他在移民城市深圳长大，"方言大熔炉"的环境让他深刻地感受到了语言的丰富魅力。

小云哥哥不仅对身边的方言敏感，还非常喜欢汉语以外的语言——"我读书时英语成绩就很好，可以比较容易地发出一些母语没有的声音，对各种语言发音的不同也比较敏感"。他从不背单词，只通过阅读和听力就可以记住单词。

也许正是因为早早发现了自己的语言天赋，所以他坚定地走上了语言学研究的道路。很多中国著名的语言学家都曾在法国读书，他也去了教育资源更为优厚的法国留学，系统学习语言科学。

今日的他已是语言学领域的专家，精通英语和法语——博士论文是用法语写的，答辩则用了英法双语完成；讲得一口流利的西班牙语，还可以用德语读文章，用意大利语、加泰罗尼亚语日常交流，对马来语、书面藏语和梵语也有所涉猎。由于长期在四川做田野调查，他还学会了讲当地的四川话。

虽然掌握了多门语言，但是他的语言系统丝毫没有被扰乱。平时思考语言学问题时，他习惯使用英语，有时也会用汉语；跟家人说话主要用粤语；在四川做田野调查时，又可以在普通话和当地的嘉绒语之间无缝切换。

穿梭于研究所和田野

在法国留学 9 年，小云哥哥师从著名语言学家向柏霖教授（Guillaume Jacques），研究嘉绒语——嘉绒藏族的语言，属于汉藏语系，有三千多年历史，目前有 8.5 万人使用，主要分布在四川省阿坝州和甘孜州。

今天的汉语是从上古汉语、中古汉语和近代汉语发展演变而来的。潮汕话让小云哥哥领悟到了语言与历史的关联，他开始阅读古汉语的资料，努力从今天的方言追溯它们的祖先，在历史中探究语言的奥秘。

他觉得，"古文献中的汉藏语言（如汉语、藏语、缅语等）受到文字形式和年代的制约，不足以提供更古老的信息"。但嘉绒语是一种连接了历史与现在的奇特语言，堪称汉藏语系的"活化石"，具备非常重要的研究价值。另外，嘉绒语在语言类型学上呈现许多世界罕见的奇特现象。所以通过嘉绒语，也可以填补汉藏语研究的空白。

目前，全球语言学界关注嘉绒语的学者不超过 20 人，大多

是外籍或者在国外接受训练的中国学者。这也是小云哥哥选择在德国做研究的原因之一。他如今供职于马克斯－普朗克进化人类学研究所——德国最高级别的研究机构，出过 18 位诺贝尔科学奖获得者。

研究一种语言，最理想的状态就是身处它的语境之中，所以他多次深入四川做田野调查。阿坝地区地势险恶，塌方时有发生，甚至还有坠崖的风险。接受采访时，他正在从村里到城市，半路遇到塌方，不得不推迟采访。

田野调查中最重要的一个角色就是"语言老师"——能讲当地语言、汉语表达能力也不错、最好是上了点儿年纪的人，比如当地的退休老干部或大学生。语言老师承担着重要的翻译职能，帮助小云哥哥和当地人交流，辅助他正确理解、记录嘉绒语的发音和意思。可以说，他们既是语言老师，也是研究伙伴。

前不久，小云哥哥去拜访导师向柏霖的语言老师陈珍，临走前，陈珍老师对他说，"这是我们共同的事业"。对于生长在这片土地上的人们来说，向柏霖和小云哥哥所做的事不仅是一份科研工作，更是所有嘉绒语母语者的共同心愿。

语言中永远会有惊喜

说起语言学，小云哥哥似乎进入了忘我的境界，滔滔不绝。即使面对外行人，他也丝毫没有不耐烦，依然有条不紊地介绍语言学的理论和知识，并举例解释。在他的解说下，语言学有了鲜活、灵动的生命力。

　　语言学并不只是语言现象，不同语言之间的关系和比较、语言的运行逻辑，都让小云哥哥着迷。他说，"不要觉得自己比语言聪明，语言比你聪明，永远都会找到新的东西，这就是语言学的魅力所在。"正是这种热爱，让他确定，"研究嘉绒语就是自己终身的工作"。

　　知乎上有人发问，"语言学有什么意义？"他不觉得被冒犯，也没有无视，而是不急不躁地回答："也许我们可以反过来想一想，如果没有语言学，我们的世界会怎么样？"没有语言学，信息技术难以发展，智能手机和电脑也许不会出现。

　　没有言语治疗师，自闭症儿童得不到有效的治疗。"自闭症儿童处理语言的方式跟常人不同，他们可能无法以我们能理解的方式表达自己。受过语言学训练的言语治疗师在这一方面功不可没。"

　　语言学甚至还可以用来收集法律证据。"William Labov，世界上最有名的社会语言学家，曾经在法庭上用语言学的方法证明了一个非裔美国人是无辜的。他发现呈堂证据中的录音所用的语法并非该犯罪嫌疑人的方言应该使用的语法。结合其他证据，嫌疑人得以被判无罪。"

　　于他自己而言，语言学是一种"福利"。读了语言学之后，他想什么时候起床就什么时候起床，想去上班就去上班，想在家工作就在家工作。他每天要做的事，就是发现问题和解决问题。

　　在回答的最后，他说，"对语言学家来说，语言学最大的意义，还是让自己乐在其中。如果想知道这种乐趣是什么，为什么不来学一下呢？"

　　明年，小云哥哥将完成博士后的科研工作，离开现在的研究所。不过，未来他仍会在高校或科研机构工作，继续研究嘉绒语。他对这样的规划十分满意，"能够做自己喜欢的工作非常幸运"。

包容、平等的知乎语言学圈

　　小云哥哥使用知乎已经 7 年了，2020 年 7 月开始写回答，仅仅一年的时间，就吸引了两万多关注者，跃升为知乎语言学领域，尤其是嘉绒语话题的优秀答主，还获得了 2020 年"新知答主"的称号。

　　很久之前他就注意到，"很多答主能从不起眼的问题中看出闪光点，发展出一个结构完整、体系充实的回答"。这让他联想到自己所擅长的语言学——"语言不容易用肉眼观察，要靠听，从一句不起眼的话里可以发掘出复杂的理论"。

　　于是，小云哥哥从语言学的角度回答了"外国狗能听懂'嗷嗷嗷'的意思吗？"这个问题，介绍了嘉绒人是如何呼唤猫、狗、鸡、猪、牛等家养动物的。他的回答获得了三千多网友的认可，很多人呼吁他演示一下具体的发音，于是他又在回答中追加了全文音频。

　　他写过关于昆虫的回答，但主要还是专注回答语言学的问题，尤其是汉藏语系、嘉绒语，他曾和一位提问者互动了十几个回合。"我决定来知乎回答问题的其中一个原因，就是希望通过我的回答，让大家拥抱口音、热爱方言。"

在知乎上，他认识了很多语言学的同行和爱好者。不少网友私信说，想要报考语言学的研究生。这些人中的大部分，他都没有线下见过面，但因为对语言学的共同热爱，他们成为知友。

平日里，大家不仅讨论语言学的话题，也会分享各自的生活趣事。比如，有些语言学的男学生喜欢穿女装。小云哥哥没有穿过女装，不过心里也觉得好奇。2019 年前，他去日本京都开会，空闲时，他第一次试穿了一件女式和服——"因为男式和服不好看"。那些喜欢穿女装的知友看到照片后纷纷留言，希望他多发这样的照片。

"知乎的语言学圈包容性比较强，大家讨论学术的时候严肃认真，在学术之外有不同的爱好和观念，互相尊重。"这种包容、平等的观念是语言学带给他的——"每种语言都有它独特和美丽的地方，语言没有高低好坏之分，人也一样"，也是知乎的一个缩影——"不管什么肤色、国籍、观念、取向的人都是一样的，只要他没有坏念头，我们就应该尊重他"。

在很多网友心中，他是"高高瘦瘦的，戴黑框眼镜，经常和老师 battle（较量、争论）的那种全班第一的学霸"。但他自我评价——"不是成绩拔尖的那种人，每一科还可以，只是对语言学有特别的爱好，体现在英语成绩特别好，但没达到能考状元的那种程度"。

甚至有人说，知乎配不上小云哥哥。写下这句话的网友称赞小云哥哥，"专业的知识讲得专业，通俗的语言讲得通俗。脾气好，性格好"。

面对夸赞，他有些害羞地笑了笑，不刻意谦虚，也不妄自菲薄。他坦言，"我比别人好的地方在于，对自己的专业有一定的热情，愿意去学习新的知识和技术"。

不太在乎钱，分享知识很快乐

小云哥哥从不吝啬表达他对嘉绒语的热爱。如果他要办一本语言学期刊的话，名字就叫作"Jung-Gyalrongologen（青年嘉绒语学者）"。这个词是他的导师向柏霖发明的。

"我设想这个刊物虽然名字里有嘉绒语，但是不一定仅仅刊发嘉绒语组语言的研究。只要是符合 Jung-Gyalrongologen 研究理念和方法的研究论文，不论是有关什么语言的文章都可以接受。但我还是希望重点接受一些少数族裔以及濒危语言的研究论文。我比较喜欢形态丰富的语言，所以如果我是主编的话，有可能会倾向这些语言。"

他甚至做出了期刊的封面图——选取了同为嘉绒语研究者，也是摄影爱好者章舒娅在田野调查时所拍摄的照片，图上有朦胧的云朵、山脉和田野，还有清新的粉黄小花。也许，这就是他心目中嘉绒语应该自由"生长"的地方。

小云哥哥对嘉绒语朴素且深沉的爱得到了网友的共鸣。有人甚至留言，需要多少钱，我给你们。

他不接受网友的资助。或许真如网友所言，"重点是没人，不是没钱"。语言学研究缺的不是钱，而是像小云哥哥这样的人。

　　不缺钱是真的。他坦言，"语言学家不太在乎钱"。他是家里的独生子，从小在"没有后顾之忧的家庭条件"下长大，如今在德国的工作薪水也十分优厚，加上住在没有太多物质诱惑的德国小城，可以说"有钱没地方花"。

　　所以他在知乎上创作的动力十分纯粹，"只写自己想写的"。他没有开启赞赏、付费咨询的功能，也没做过广告，而是免费地输出知识。他认为，"分享知识、普及科学是科研人员生活的一部分，是每一个科研人员的任务。这是一件自然而然的事情，也是一件快乐的事情"。

　　今年，他在甘孜州农村调查时，遇到了一个两三岁的孩子，

孩子的父母学历不高，但孩子每天反复说着同样的一句话——翻译成普通话就是"要念书"。这段经历让他十分感动，谈及此事时还有些动情。他发现，"中国人对知识的渴望增加了，不管是城市还是农村的孩子。大部分的中国人都可以有更高的精神需求，通过现代科技了解更多关于世界的知识、有意思的事情"。

他把对知识的敬畏化为了科普的责任——学者有责任把自己的所学大众化，不能总是局限在一个小圈子里面。"科研人员之间的交流比较深入、（关注）细节，但对于基础的问题却不知道怎么去解释。"在知乎上创作的经历，让他逐渐学会了如何向本专业之外的人解释问题。

即使有人抬杠，他也会心平气和地解释，从不删评论。"抬杠太严重的就不回复了，毕竟这些人并没有本着专业的态度去看待问题，我知道自己在做专业的事情，只要把专业的、正确的知识分享出去就够了。"

在分享知识的路上，知乎是让他从象牙塔走出来，但是又可以保留自己专业信念的地方——"对语言学的热爱，把自己相信的、支持的理论，以及为什么支持呈现出来"。他把知乎比作希腊神话里的彩虹之神伊里斯——"彩虹沟通着天和地、神性与人性，知乎也是一座沟通的桥梁，把象牙塔的专业知识传到普罗大众的耳朵里"。

「 王大蜗蜗牛 」

一个
基层法医的
自我修养

—

"谢邀！本人基层小法医。"

王大蜗蜗牛在知乎的大部分回答都以这句话开篇。他的头像是一只在手机上随意涂鸦的蜗牛，线条歪歪扭扭。

他出生时，奶奶恰好看到一只蜗牛爬过，于是按照当地"看见啥就叫啥"的习俗取了小名"蜗牛"。如今，蜗牛成了他行走网络江湖的响亮名号。

他从小就喜欢古代志怪小说，觉得那些鬼神故事鲜活有趣、自由自在，相比之下华丽的诗词歌赋就像是"戴着枷锁跳舞"，"不痛快"。

成为一名资深法医后，蜗牛决定在知乎写下自己的职业故事，既有令人窒息的命案现场，也有芸芸众生的世间百态。这些故事取材自真实案件，就像蜗牛爬行留下的那条亮晶晶的线，串起他十几年法医生涯的点点滴滴。

作为一个中年大叔，他写东西喜欢用感叹号，还有各种可爱表情，文风就像头像里的蜗牛，肆意洒脱，还有一点"萌"。他的回答里没有说教，情节跌宕起伏，最重要的标准是"能让人看进去"。

法医的身份，让他在虚拟空间收获不少关注。受小说和影视剧影响，很多人印象里的法医神秘酷炫，循着尸体上的线索抽丝剥茧发现真凶，散发着耀眼的主角光环。

但现实中很多时候并非如此。他特意强调基层小法医的身份，就是想告诉读者，自己"玩的不是高大上"，而是要用亲身经历、用志怪小说那样鲜活的方式"揭开那层猎奇的面纱，还原真实的法医形象"。

出命案现场只占法医工作的 10%

在互联网上，蜗牛被问到最多的问题是："做法医到底是种怎样的体验？"

"大家都觉得法医的工作就是解剖尸体，每天都奔波忙碌于各种血腥变态的命案现场。"他发现人们对这个职业存在很大的误解，"其实不是的，解剖尸体、勘查命案现场只是法医工作中很小的一部分，毕竟哪里有那么多的命案。"

实际上，法医 80% 的时间都在坐法医门诊，搞伤情鉴定。"比如，两个小年轻喝了点小酒，抱在一起打了一架。酒醒后，发现两人都有伤。那么派出所就委托法医对当事人的损伤程度进行评定。"他举例说。

成为法医前，蜗牛推崇个人英雄主义，也曾对这个职业抱有不切实际的想象。"当时，我觉得法医是科学家。"他喜欢看法医题材的悬疑剧，里面的主人公智商又高、气场又足、颜值在线、工作刺激，看得人热血沸腾。

成为法医之后，他才发现现实和剧情简直是天差地别。大部分时间里，他都是坐在办公室里给别人验伤，"法医门诊那天天吵得，跟菜市场似的！"

在这里，他见过 20 多岁的小伙儿和街坊大妈吵架，双双躺在地上讹对方；见过伤情并不复杂，但非要拍 CT、核磁共振的老大爷，他好心提醒拍张花钱最少的 X 光片就行，结果收到的却是对方的投诉。

入行之初，蜗牛不停劝自己，虽然 80% 的时间都花在这些平凡的小事上，"但剩下的 20% 搞命案也不错啊！"然而现实并不是这样，"你还要值班、备勤、清查、设卡、巡逻、安保，出盗窃案现场，甚至抓捕也会把你拉上"。

"你可能会不理解，我是法医为啥要出盗窃案现场哇？"他在文章里自问自答，"没为啥，你首先是警察，然后才是法医。基层刑事技术人员常年奇缺，就那么几个人，还分啥警种，矫情！"

这就是蜗牛所经历的基层生活，鸡毛蒜皮的争执与琐碎繁重的任务并存。算下来，出命案现场只占法医工作的 10% 左右。好不容易等到一个案件，往往正当他认真勘察现场、准备大显身手时，领导的电话忽然打来："案件已经破了！"

"要知道，法医只是刑事技术的一种，还有指纹、足迹、工具、枪弹等传统的痕迹方法，现在还有 DNA、视频、微量物证、电子物证、通信物证等新兴的刑事技术方法。"蜗牛有些遗憾、又有些骄傲地感慨，这些年技术的进步让法医有种英雄无用武之地的感觉，"但这样的技术请再多来一些！"

随着入行时间越来越长，蜗牛逐渐意识到，那种在电视剧中万众瞩目的场景是不存在的。一个案件的侦破需要有完整的证据链，需要多警种配合。他用自己的亲身经历为影视剧里高大上的法医形象祛魅："法医就如工厂的流水线，你只是其中的一个微不足道也不可或缺的员工，做好自己的本职工作就很不错了。"

可怕的不是尸体，而是人性

由于特殊的职业属性，蜗牛从业后解剖过 400 多具尸体。他经常被问到的另一类问题是："法医害怕鬼吗？""法医会害怕尸体吗？"

"其实干法医这行的根本没恐惧的概念。"他在知乎的第一个回答里写道，"尸体是一种证据，法医就是在尸体上找证据。"

蜗牛解释说，医学生接触尸体是一个循序渐进的过程，最开始是骷髅骨架，然后是向大体老师（遗体捐赠者）学习，最后是观察人体器官、解剖尸体，"见得多了，就不怕了"。

在他看来，解剖尸体是一项体力活，经常从上午忙到晚上，"解剖完最想做的事就是吃肉，为啥？太累了！需要补充一下！"

有时遇到复杂的命案，晚上他会翻来覆去地思考其中的细节，试图寻找破案的关键。"如果世界上真的有鬼，我甚至觉得可以出来啊，我们交流一下，搞一些线索。"

法医的职责之一，是通过解剖尸体分析死亡原因、死亡时间、死亡性质和致伤工具，用专业技术与尸体"对话"，从而找到破案的线索。从业多年，蜗牛见过许多外表恐怖的尸体，他最在意的是能否从中找到有用的线索。

曾经有人问他，法医会害怕高度腐烂的尸体（巨人观）吗？"肯定会害怕啦。"他回应说，巨人观本质上是尸体分解、破坏、肿胀的过程，他害怕的是尸体上的一些痕迹会随着腐败而消失，增加案件的侦破难度，"法医最怕的不是脏，不是臭，而是破不了案"。

很多时候，法医提供的线索对侦破案件具有关键作用。在一个看似是意外的火灾现场，蜗牛解剖烧焦的尸体发现死者舌骨骨折，确认这是一起谋杀案，刑警队立即展开调查，很快将凶手抓捕归案。

在一桩古寺杀人案中，他经过仔细勘察，在床头与墙壁的缝隙中发现一枚烟头，提取并比对 DNA 后发现吸烟者是一名在逃通缉犯，最终锁定了凶手。

十几年里，蜗牛参与侦破过多起命案。那些骇人听闻的凶杀案，无一例外地指向人性中的恶。他见过 16 岁少年为几十块上网费抢劫杀害清洁工老人，见过在外打工的年轻人为钱谋杀对自己有恩的同乡，见过四处作案的小偷被识破后恼羞成怒掐死准备结婚的女友……

每次写起这些案件，蜗牛总会收起自己插科打诨的风格，认真讲述破案经过，就像在命案现场时要收起对凶手的愤怒，沉着冷静地从现场和死者身上寻找线索。

从业多年见惯了死亡，外人眼中恐怖血腥的画面在蜗牛这儿已经波澜不惊，但死亡背后那些更沉重的东西总能引发他的思考。

2020 年冬天，蜗牛和同事凌晨出过一个现场，经过勘查确定，一名中年男子从 33 楼跳楼坠亡，后遭遇货车撞击碾轧，尸体支离破碎，现场十分惨烈。案件背后的原因让人唏嘘不已：死者事业有成，和妻子感情很好，但两年前沉迷于赌博，将全部房产、车辆、工厂抵押，并且以夫妻双方名义贷款 500 万元作为赌资，而这一切妻子全被蒙在鼓里。

"什么是恐怖？"他忍不住感慨，"你晚上正在家睡觉，忽然家里进来一群警察，告诉你：你丈夫跳楼了！你家的车已经卖了！你住的房子已经不属于你了！你家的公司一年前已经变成养猪场了！并且你还要承担近千万的外债！这就是恐怖！"

蜗牛还见过一个强势的母亲，逼着内向的女儿学舞蹈，女儿不堪重负跳楼自杀。但这位母亲不相信、不接受警方的结论，自己雇人调查了两三年，丈夫受不了选择离婚，她仍然坚持己见，一边在早餐店打工，一边继续进行所谓的调查。

"世人皆苦！"蜗牛不理解这种扭曲偏执的爱，却又不忍心去苛责这个可怜的女人，只能呼吁如今的家长多一些宽容，少一些强迫、内卷和"鸡娃"。

干法医时间久了，见了太多的人情冷暖、生离死别，人往往会变得麻木，但对死亡却有更超脱的理解。"生命不在于长短，而在于质量。"蜗牛曾和法医同事们讨论过，最幸福的死亡方式就是毫无征兆地猝死，无须准备，不用受苦，"死亡并不可怕，有生就有死嘛，坦然面对就行了"。

找我咨询报法医的人，通通劝返

对法医这份职业来说，蜗牛是一个误打误撞的闯入者。高考时他并没有填报法医专业，只因为选了同意调剂，"于是，就来法医系啦！"

事实上，蜗牛对法医工作的态度充满了矛盾。一方面，入行十几年，他每天忙忙碌碌，过得很开心。另一方面，他又了解法医的种种艰辛和难处，明白这个职业非热爱不能坚持，于是就有了在知乎 360 度无死角劝退那些想要当法医的后来者。

有女生问"上海的大学里法医学难考吗"，他开门见山地说："我是来歪楼的，不知道你为什么想要学法医，法医这行很辛苦。"

他想起自己刚到公安局实习时，上厕所只敢小便不敢大便，因为太忙了。而且基层事务繁杂，什么都干，实际办案中也会遇到很多问题，"长此以往，身心俱疲"。

有人警校毕业，纠结自己是去家乡县的组织部还是地级市的公安局，他的回复同样直截了当："作为一个老警察，我建议毫不犹豫选择组织部。"理由是公安系统业务垂直，上升渠道狭窄，也许"熬了 10 年都摸不到副科的边"。

就连有女生喜欢上帅气的警察，询问大家的看法，他也要过来泼冷水："我要提醒你，警察的颜值是不可靠的。"

他建议这个女生去基层派出所或者刑警队看看 35 岁以上的男民警，"都是浑身烟味，两个黑眼圈，头顶逐渐清凉，每一次理发都是一场头发保卫战"。至于工作不久的小鲜肉，则完全不能说明问题，"再帅的小鲜肉经过十几年这样的折磨，你就是吴彦祖也能给你搞成苏大强"。

此外，根据他的观察，身边的法医工作久了都或多或少有些职业病。以蜗牛自己为例，妻子想吃黄鱼，让他到鱼市拍照决定买哪一种，结果他把黄鱼的头面部照、正面照、背面照、左侧面照、右侧面照一通拍。过了一会儿，妻子回复："算了，我不想吃了！"

有的时候，他觉得有些对不起妻子，因为经常把职业习惯带到生活中，最明显的就是说话语气生硬刺耳、满带质疑。

虽然法医题材的影视作品深受观众喜爱，但现实生活中，人们对经常和尸体打交道的法医还是有些敬而远之。有人问"法医对五官有要求吗"，蜗牛调侃说，"有要求，要求尽量长得帅！本来法医找对象就很难了，你如果再长得砢碜点，兄弟！做好打一辈子光棍的准备吧！"

虽然蜗牛长得人高马大、颜值不低，但也经历过这种尴尬。相亲 50 多次，对方一听他是法医，总是很客气地说，"我觉得你挺好，咱们以后再说吧"。

只有极少的时候，他会在网上公开表露对法医职业的热爱。在回答那个纠结组织部还是公安局的男生时，他最后写道："当然，如果您就喜欢当警察，像我一样把它当作一种信仰！那以上的话当我没说。"

有人提问，"法医会像小说里写的那样厉害吗？"蜗牛介绍"90后"法医池发鸿勇斗劫持公交车歹徒的事迹，自豪地宣称："我可以很负责任地告诉大家，现实中的法医比小说中写的牛多了！"

2012 年，蜗牛侦破了一起女婴被害案，那是他法医生涯最骄傲的时刻。在那起案件中，丈夫为了能再生个儿子，趁妻子外出用被子衬垫捂死了仅两个月大的女儿，还抱着女儿赶往医院抢救，让妻子认为孩子是因疾病而死。

赶到现场后，蜗牛检查发现女婴双手指甲及口唇稍发青，口鼻周有浅浅的压痕，判断可能是机械性窒息，也可能是某些疾病的特征。但男子将女儿送医院抢救的行为误导了警方，让大家觉得口鼻周的压痕是戴呼吸面罩抢救留下的。

　　一桩谋杀案眼看就要掩盖过去。收队后，同事都下班了，蜗牛坐在夜色中思考，如果女婴是疾病死亡，有可能是什么疾病呢？他决定去问问急诊科的医护。赶到医院后，对方告诉他，女婴送到时已经完全没有了生命体征，没有必要抢救，于是值班医生直接宣布了死亡。

　　"这真的是把我惊出了一身冷汗！"他立即给领导打电话，"女婴不能排除被他人杀害的可能，建议马上对女婴尸体进行解剖。"最后经过解剖检验，女婴确实属于机械性窒息死亡，女婴父亲得到了应有的惩罚。

　　"什么是骄傲？不求有功，但求无过，能干好自己的本职工作不出毛病，就已经是最大的骄傲了。"蜗牛说，工作年限越久，他越觉得如履薄冰，"法医接触的案件，都不是小事，每个案件后面都有一条鲜活的人命，稍微的疏忽都会造成严重的后果。"

法医不是怪叔叔

　　在知乎回答问题多了，蜗牛逐渐发现，自己要经常对抗大众对法医的偏见、误解和脸谱化认知。

　　有人觉得法医天天接触黑暗面，每天都很压抑，"好像个怪叔叔一样"，要想尽一切办法去释放。蜗牛用自己的亲身经历反驳："不是这样的。"

　　"当警察这么多年，见过太多人因为赌博而倾家荡产、妻离子散，最后跳楼、烧炭、溺水。见过太多吸毒的人如猪狗一样死在垃圾堆臭水沟里。"他觉得正因为法医接触过消极的事物，目睹了它们的破坏力，因此更懂得珍惜美好生活，"我敢说，任何人只要见一次这种惨状，一辈子都不会碰这些东西。"

他时常有一种感觉，自己当警察后经历的东西可能比普通人一辈子经历的都多，但正是因为见得多了，反而越来越豁达，越来越阳光。

他喜欢记录自己的梦境，试图通过梦分析自己的思想、性格。他很少梦见阴谋、仇杀、世界末日，反而经常梦见自己变成侠客，自由自在。上班不想爬楼，"唰"的一下就凭空出现在办公室。大脚开出去的球懒得捡，喊一声"回来"，球立马出现在脚下。

蜗牛由此得出结论：上学时那个愤世嫉俗的年轻人不见了，当上法医的他，在内心深处是一个乐观主义者。

有人觉得法医高冷，他邪魅一笑，讲起了自己的日常。一年夏天，同事往办公室带了个西瓜，但没有水果刀。等他去楼下借水果刀回来时，却发现一群人早已等不及，用一把没有使用过的脑刀把西瓜切了大快朵颐。

"你们用这把刀切西瓜真的好吗？"大家笑着啃西瓜，对他的质疑无动于衷，"好吧！你们赢了！我也要来一块！"事后，他把脑刀和西瓜的合影发到知乎，总结说："法医怎么会高冷呢！明明都是乐天派好吗！"

这种"乐天派"精神，有时候会成为破案的关键。有一次，他们要抓捕一个流窜抢劫团伙，没有嫌疑人照片，只知道大概的

蜗牛和同事用未使用过的脑刀切西瓜

活动范围，于是在附近蹲守。

在一个水果摊附近，蜗牛的同事老郭偶然看到一个杀马特风格的年轻人，头发染得五颜六色，在弯腰买坚果时不小心把彩虹似的假发掉到了地上，又厌恶地捡起来戴上。

老郭觉得非常可疑，叫来线人一看，果然是抢劫团伙主要成员，于是跟随年轻人摸到了他们的老巢。3 天后，这个抢劫团伙一行 5 人全部落网。

大家啧啧称奇，纷纷问老郭为什么怀疑年轻人，老郭却笑笑说："假发掉在地上，他嫌弃地捡起来，这个细节出卖了他。头发是杀马特的灵魂！一个真正的杀马特是无论如何都不会这样对待自己的头发的。"

生活中，蜗牛也极具"乐天派"气质。虽然自称"像树皮一样糙的男人"，但他却有着非常细腻的一面。作为一个参加工作 10 余年的"中年老警察"，他不抽烟、不喝酒，喜欢看动画片，熟知《小猪佩奇》中所有动物的名字，最喜欢的动画电影是《龙猫》。

蜗牛看过很多遍《龙猫》，电影中的主角小月和小梅能够看见龙猫和各种小精灵，而大人们却看不到。他觉得这是一种隐喻："只有时刻保持童心，才能看到美好的东西。"

蜗牛的篆刻作品"蜜"

他培养了很多爱好，期待发现生活中的龙猫。书法、篆刻、国画、看志怪小说……"看起来觉得有趣就研究一下。"

在知乎写故事是他坚持多年的爱好。2017 年，妻子生病去医院，一住就是大半年，蜗牛白天上班，晚上照顾妻子，睡觉就在走廊里架张折叠床。每天都是争分夺秒，两头奔波，他的头发油乎乎的，胡子也顾不上刮，30 多岁的小伙，"硬生生活出了 50 岁的油腻"。

"那段时间挺灰暗的，家庭、工作、健康，诸事不顺。"蜗牛就是在这样的状态下入坑知乎，在上面分享自己的职业故事。

他给自己的定位是"法医里的小透明，写手中的拖延症"，看到有趣的提问就躺在折叠床上用手机写回答。自从上知乎后，他自嘲变成了一只獾，"哪里有瓜就往哪里钻"，然后写成故事分享给大家。

很快，他段子手的气质就吸引了一大批"催更"的关注者，这让他"有一种被需要感"，觉得给别人带来欢乐是一件非常幸福的事。

　　他最喜欢看评论区：哈哈哈，23333，笑死我了！你想笑死我继承我的蚂蚁花呗吗？无论是表扬还是批评，蜗牛都挺高兴，"那种心情很复杂，怎么说呢，就如厚重的乌云中射出的一束光吧！"

　　后来，妻子康复出院，蜗牛写知乎的习惯一直保留了下来。

　　他一直觉得，法医只是万千职业中的一种，没有光环，也没有镁光灯，自己只是芸芸众生中最普通的一个"社畜"，上班下班，吃饭吹牛，"感谢知乎为我们这些平凡人提供平台，让我们也能感到爱与被爱，需要与被需要"。

王大蜗蜗牛隶书作品，临摹陆游诗句"茅檐三日萧萧雨，又展芭蕉数尺阴"

「 螺旋真理 」

如果国宝
会说话

—

在知乎举办的一次线下聚会上，螺旋真理手持一把铁制折扇，像是从史书中穿越而来，吸睛无数。

对真理的追求，是个螺旋式的上升过程，于是他以此为名。他在天津长大，爱听相声，对德云社的恩怨如数家珍。大学班级倒数第一名的他，娶了正数第一名为妻，但自称收入大多用来买酒，穷得不敢要孩子。

小学读史记，他爱上历史。中学时代参观了博物馆之后，又发现爱器物胜过文字，于是立志干一辈子文博。大多数人没有兴趣的专业，他乐此不疲，深耕不辍。他就职于中国文物报社，无论是工作要求还是个人志向，都想把博物馆里的知识告诉大众，让更多人参与、喜爱。但什么才是文博科普的正确方式？国宝如果会说话，会说点什么，又说给谁听？

我们被盗墓小说害惨了

螺旋真理思想深邃，学识厚重，别人抛来专业问题，他总是饶有兴趣地详细作答，且口齿伶俐，滔滔不绝，不给他人插话的机会。但若想打断他，倒也容易，只需轻轻问上一句：学成之后，你盗过哪个墓呢？

此言一出，他必白眼一翻，两手一摊，瞬间收声，兴致全无。

“我们行业被盗墓小说害惨了！”螺旋真理说，盗墓是明确的违法行为，好多人看了盗墓小说，却认为盗墓者是英雄，认为学文博的，就是为了盗墓倒斗……

在他看来，把考古和盗墓放在一起，是莫大的侮辱。文博行业的职业道德，是不收藏文物，不买卖文物，不违规占用文物及资料，不以文物、博物馆职业身份牟取私利。

“我们怎么可能去盗墓呢？可见，文博的科普基础有多差。”

“盗墓剧的热播对实际古墓保护有影响吗？”在这个知乎问题下，螺旋真理斩钉截铁地回答：有！

我国地下的遗址和墓葬能幸存至今，与形成的“盗墓是不道德的”观念有关。以北方为例，“踹寡妇门、挖绝户坟”是对一个人严重的道德批判，而当下一些盗墓小说和影视剧，对盗墓行为进行了道德“洗白”，甚至拍成了偶像剧，引发粉丝对偶像剧中行为的支持，引起社会价值观的变化。一部分人，甚至开始模仿其中的内容，走上了盗墓的犯罪道路。

博物馆专业，学啥？学了能干啥？

螺旋真理曾是让老师十分头疼的孩子，因为严重偏科，偏历史。确立了对器物的兴趣之后，他开始有意阅读一些文物博物馆方面的书籍，探寻其中的奥妙。

2000 年，螺旋真理如愿考入南开大学文物与博物馆学专业。值得一提的是，南开大学是全国第一个开设博物馆学专业的高校。如今全国各校博物馆学专业的老师，许多都是南开毕业，或者曾在南开进修的。

博物馆学，学什么？学了能干什么？他在知乎也做过解答。

在"你为什么去博物馆？"问题下，他写道：

> 博物馆是我的研究对象，我不仅仅要看展品、展览、教育活动，我还会关注细节、逻辑，更多地思考为什么，用来指导我的博物馆学思想和研究。

> 比如：我更关注从馆外环境到大厅到序厅到展厅的空间过渡关系是否舒适；展厅观众动线是怎样的，是否流畅；展览各部分之间的关系是怎样的，整体节奏把控是怎样的，做没做到有张有弛、有松有紧；说明牌字号大小是否适合阅读，重要的辅助展具是否位于平均视平高度；博物馆有没有母婴室，有没有给观众提供轮椅等设备；展柜灯具是否使用了 LED 灯具，频闪是否明显，照度、色温是否合适，能否满足文物保护的需求；展品支具选择是否得当，用没用鱼线，与展品接触部分的处理使用了什么手法和缓冲材质；安防摄像头、消防烟感设备位于什么位置。

博物馆里的工作人员最不喜欢看到游客做什么事情？

螺旋真理说：

> 熊孩子损坏展品，发出很大噪声影响他人；趁人少拍摄人体艺术照片；在展厅里撕名牌；混淆考古和盗墓的关系，甚至把考古说成是"国家盗墓"；向工作人员询问博物馆展品的价格。

说一点文物考古博物馆的基础知识

"说一点文物考古博物馆的基础知识"，是螺旋真理的知乎签名。提到考古、文物和博物馆，外行往往有些共性疑问。职业生涯中，螺旋真理曾经做过无数次回答，他早已建立了完整的理论体系。

人为什么要去博物馆？螺旋真理说，人之为人，却最易受制于自己，困惑的时候，也最希望能突破自己。旅行固然是个突破的法门，但仍然和这个世界同步，有些时候更希望能体验压缩过的时间和空间，把古今中外都聚汇到眼前来给自己提供灵感，每当这个时候，就要到博物馆中去。

经常逛博物馆的孩子长大后有什么不同？螺旋真理说：每个人都有每个人的特质，有闹腾的，有沉静的，有善于理性思考的，有喜欢情感表达的，千人千面。但他们共享一套知识和表达体系——那就是历史文化。他们不是简单地背诵知识，已经开始学会用博物馆里的文物来表达自己对过去、历史和社会的理解。有点像孔子认为的"不学诗，无以言"。

掌握了这套知识和表达体系，就拥有了自主探寻历史和艺术的能力。

文化体系当中，有三个领域：以文字为介质的历史学，以器物为介质的文物学、考古学，以口头和行为为介质的民族学及社会学。一般来说，现在教育孩子，还是以文字、书本为主。常去逛博物馆的孩子，会把实物这个领域拓展出来，丰富他们了解世界和历史的途径和手段。当然，这不仅仅需要"经常逛"，还需要"感兴趣"和"主动学"。

考古队去挖掘人家古人的坟墓真的好吗？

螺旋真理说：

1. 真的好。没有考古百年来的成果，我们甚至搞不清楚我们是怎么来的，中国是怎么来的，上古史会成为封建迷信和神话传说，古代史会丢失很多生动的细节。

2. 从某方面来说，考古行为可能对于墓葬的"神圣性"来说是一种破坏，但是赋予当时墓葬"神圣性"的社会已经一去不复返了。

3. 中国的考古能够确保考古出土物及以其为基础的学术成果能够进入公共社会，为社会全体成员所享用。要是被盗墓贼发现的话……

9 年 4000 多个回答，最高产的答主

如何在知乎成长为一个大 V？螺旋真理调侃道：一运二命三

风水，四积阴德五输出。

命运、风水虚无缥缈，但持续输出的确是他的突出特征。在知乎9年，他一共创作了4300多个回答，平均每天1.3个。此外，他还创作了1700多条想法，135篇文章。

螺旋真理一直在国家文物局系统工作，2012年来到中国文物报社，他开始系统思考，如何把文博领域的专业内容，结合最新的互联网技术和应用，通过各种形式和渠道，更加顺畅地传播给大众。

"文博领域专业壁垒较高，长久以来都是专家学者自说自话，外人不了解、不关注、不互动。闭塞的环境，对于行业长远发展非常不利，因此急需提升科普水平！"螺旋真理说。

尝试做新媒体传播后，螺旋真理在众多内容平台广泛撒网，自然也包括知乎。时间长了，发现只有知乎最适合文博，所以常驻至今。"这里有认真的用户，有专业的同行，也有友善的讨论氛围。"

知乎已经成了螺旋真理生活中必不可少的一部分。即使在吃饭排队的一两分钟，也会掏出手机，打开知乎刷一会儿。"很多朋友在知乎，获取信息也在知乎，所以有空就上来看看。"

一个小时的通勤路上，螺旋真理会拿出折叠手机，在知乎上"饱餐"一顿。面对感兴趣的问题，也会畅快分享。"创作和分享文博方面的内容，是我的理想，所以从不觉得辛苦，最大的烦恼就是时间不够用。"

持续分享，让螺旋真理在知乎收获了35.8万关注者，这对小众的文博领域来说实属难得。

"我还在知乎'恰'到了饭呢！"螺旋真理露出标志性笑容，

说，"知乎商业的伙伴，积极地帮我寻找收益机会，随着文化自信的逐渐形成，越来越多的企业，开始用中国历史文化来增加品牌美誉度，这正是我的强项。"

一家知名房产企业在西安开发了郊外楼盘，营销上苦于难以做出高级感。螺旋真理信手拈来：从秦汉开始，便会在皇城郊外修建邑城。单一的大都会总有一些"大都市病"。因为大都市要汇聚政治、经济、文化、产业、旅游、教育等复合功能，人居的条件就会受到牵制和影响，所以从古至今，有些对居住环境特别讲究的人，就会选择大都会周边更加生态宜居的地区来生活。"清代帝王时常到承德、圆明园等皇家园林出巡而不是留在宫殿森严的紫禁城，也是这个道理。"

博物馆里几乎没有"70后"，清贫导致了人才断层

大概 10 年前开始，螺旋真理和博物馆同行聊天时，会有意询问他们单位人员的年龄结构。因此粗略得出一个结论，至少在北京地区的博物馆，很少有"70后"，博物馆事业几乎缺了一代人。

原因也好理解，"70后"参加工作多在20世纪90年代。那时，商品经济大潮涌起，赚钱的机会扑面而来，而博物馆却大多惨淡经营，情况好一些的尚可解决温饱，有的甚至要出租展厅才能发放工资。结果是，大批人才头也不回地投入了市场经济的怀抱。

"我们这一代也没好多少。大学同学 20 多人，至今还在文博相关行业的，只剩下 3 个了。"1982 年生的螺旋真理，叹了口气说。

2020年高考后，湖南省文科第四名、农村留守女孩钟芳蓉，选择了北京大学考古专业，引来众多"劝退"之声，成为热议话题。

"20世纪80年代初，状元聚集文史哲专业不是新闻。"螺旋真理说，考古和文博专业虽然不直接创造价值，但是为社会提供各种各样的文化信息和解释，是正外部性十足的专业。这个专业难度极高、知识分子荟萃的行业，理应获得较高收入，但长期以来事与愿违。

"社会对文博行业亏欠太多了。个人委屈或许不值一提，但等到需要优质而智力密集的博物馆事业来建设文化软实力的时候，就能体会到人才断层的危害了。欠账，是需要用几十倍来还的。"

如何让国宝说话

陶，出于土，而炼就生活。它需要摔、需要捏、需要烧，制陶如塑人，在经历过这些磨难之后，陶土便成了器，完成涅槃，变成神态各异的样子。

这段文字，是螺旋真理参与的纪录片《如果国宝会说话》中对陶器的介绍，播出后广受观众称道。

2021年，中国考古学诞生100周年，在大国崛起和文化自信的背景下，中国文博行业正在迎来重大的历史机遇期。近年来，螺旋真理陆续参加录制了《赢在博物馆》《如果国宝会说话》等电视节目，担当文博专家。

在他看来，博物馆的世界正处于一定的危机之中。专家学者有自己的一套话语体系，有学术探讨和为人处世的方法习惯，和大众有所区别。正因为这样，专家往往不愿意跟行业外的世界对话，甚至不允许别人探讨，结果是给自己"画了个圈"，孤立起来了。久而久之，不仅逐渐丧失了在行业之外的话语权，也慢慢脱离了年轻人的生活。

"在今天的文博科普工作中，我们需要广泛地接纳、使用多种媒介、形式、渠道，大胆地做各种尝试，科普欠账太多了，需要恶补。"螺旋真理说。

在广泛拥抱世界的操作中，他只对一件事抱有犹豫——是否引入资本的力量。

科普之前没做好，很重要的原因就是穷，资本进来以后，就有能力做更多事。但是资本有逐利的天性，如果找不到健康可持续的收益路径，就有可能用力过猛，反而走上邪路，最后留下一地鸡毛。

螺旋真理皱着眉头说："前几年，资本运作下推出了几个网红，但都没走远，核心原因就是只顾着造概念、玩噱头，缺少专业厚度。这就是资本的负面效果，它不为内容的对错负责，只关心如何触达更多人、获得更多利益。"

螺旋真理说：我们要做的，是让国宝学会说话，把中国的灿烂文化展示给全世界。这需要专业人员来负责内容，先进的商业模式确保收益，有张有弛、不疾不徐。但要想达到这样的完美状态和效果，依旧任重道远。

02

诗意人生：

生活也可以在别处

为柴米油盐奔波忙碌的你，还记得曾经向往的生活吗？可能是进行一场漂流探险，踏上一段长途旅行，或者经营一家温馨浪漫的咖啡馆，投身一份充满童趣的职业……

也许现实让我们改变了航向，但那些把诗意生活付诸实践的人，仿佛在提醒我们：原来生活也可以在别处。

其实，诗意可以在远方，也可以在日常生活的点滴细节中，最重要的是那份探索未知的好奇心。只要有一颗随时准备出发的心和一双发现美好的眼睛，我们就能在平凡生活中发现另一番美景。

「 DimLau 」

"知乎咖啡馆"

—

"我一定要去你的店里喝咖啡！"每当看到这样的留言，DimLau 总是欣慰地一笑而过，怎么可能真的会有人从知乎追到线下来见面，更何况还是到山东滕州这样一个不知名的四线小城来。直到有一天，一对未曾谋面的天津母子突然出现在他面前，只为见见他，喝一杯他亲手冲的咖啡。那一刻，他发现：原来，他的咖啡店早已开到了很多陌生人的心里。

不过，他很快就习惯了这种"粉丝见面会"。近年来，陆续有知友从外地来到他的店里，喝喝咖啡，聊聊天。吸引他们的不是咖啡，而是做咖啡的人。

把咖啡馆做成知乎

如果知乎是一家虚拟的线上咖啡馆，DimLau 的咖啡馆大概就是一个线下版知乎。

他的咖啡店名为"定格咖啡"，立意是"城市繁忙，不如定格"。这样的格调与滕州这个县级市的文化氛围格格不入——当地人更习惯打打牌、唱唱歌，没有多少人会去咖啡店消磨时光。就算去了，很多人也不会安静地坐下品咖啡，而是会大声聊天、抽烟，把咖啡店当成茶馆、棋牌室。DimLau 希望店里保持安静，那些做不到安静的客人会被他制止或者请出去。他成功地在这样的环境下开起了一家咖啡店，一开就是 12 年。

这家咖啡店的独特之处不是咖啡，而是定位——DimLau 希望把咖啡店做成一种线下的社交平台。他甚至说："我的本职工作不是做咖啡，是陪客人聊天。"在他看来，咖啡店最重要的功能是让客人放松下来，默默陪伴着喜好安静的客人，认真倾听并回应开朗善谈的客人，让沮丧的客人离开时心里充满阳光。

聊天看似简单，但会聊天却不容易。店里有位总是"把天聊死"的常客，DimLau 眼看着这个年轻男孩相亲了二三十次都没成功，心里很是着急。为了帮助男孩相亲，他特意去知乎上查了很多快速拉近距离的聊天小技巧，打印在小纸片上交给男孩，让他放在手心，紧张时参考一下。可惜，男孩学会了话术，却不会管理表情，全程都很紧张、严肃。"他看起来不像是在相亲，反而像是考问。"DimLau 哭笑不得，"如今他隔一两个月还会来这里相一次亲，好像至今还未成功。"

多年来，店里吸引了一两百位固定的客人，他们从不看菜单，也不管价格。"菜单是给第一次来的人看的，老顾客不管喝什么都是优惠价。"他们进了门就直接坐下来，点一杯自己喜欢的饮品，慢悠悠地不时喝上一口，看着窗外行路匆匆的人群，DimLau 不忙的时候也会坐下来和他们聊聊天，一同享受小城小馆的静谧时光。

时间久了，DimLau 在当地也小有名气，不少人请他做咖啡店或奶茶店的开店顾问。最初一位朋友想开店，找他做咨询。朋友坚持要支付一定的报酬，但此前 DimLau 没想过做培训，更没有统一的报价，很是头疼。"这位朋友过意不去，给了我两千块钱，又买了很多礼物，比如给我太太买了一些首饰。我就反省了一下，觉得这样也不对，在商言商，还是要有一个报价，不然大家都不自在。"就这样，他就兼职做起了饮品店的开店培训。

平日里，他上午给学员上课，指导他们如何装修店面、定制菜单、制作饮品，下午经营自己的咖啡店。这样难免形成竞争，但他丝毫不担心，"每个店都有自己的个性，有自己固定的客户群体，氛围的运营很重要"，所以他把自己的店开成了一个倾诉的平台，"一方面是客人和店主，一方面是客人们之间，做到了这一点就不会轻易地被打败"。

唯一后悔的人生污点

DimLau 靠咖啡成就了自己的事业，但是他却很晚才与咖啡结缘。

他从小就是学霸，但高二时沉迷互联网，高考失利，大学去了一所农业学校读了园林专业。毕业后进修了影视动画，去了青岛的一家广告公司工作，负责大屏幕广告的制作和剪辑，常常一整天都对着电脑。公司后勤部门的领导误以为他不务正业，DimLau 对"外行领导内行"感到不满，年轻气盛的他那时还不能很好地处理被误解的情绪，一气之下辞职北漂。

说到这里，DimLau 摇了摇头，深深地叹了一口气："往事不堪回首啊。如果换作现在肯定不会生气的。"

"裸辞"去了北京之后，DimLau 突然意识到，自己遇到了人生大危机，既没有落脚的地方，也没有工作。"我之前从没有因为找工作犯过愁，下了火车之后才开始思考这些问题。"万般无奈之下，他求助了网友，解决了住宿，但付完房租和押金后身上就没钱了。工作也是网友介绍的，先后做过展厅建模、广告片制作、广告特效和影视剪辑。

也许是因为太久没有回忆这段北漂的经历，DimLau 有些语无伦次，原本平静的脸上闪过一丝痛苦的神情，声音也开始有些尖锐，他咳了几声，喝了口水继续往下说："那段经历可以说是我人生的污点，我就后悔那一次。自己一时冲动，后果是让伴侣跟着奔波，举目无亲毫无着落的情况下进了京，毫无计划地听天由命……当时在青岛购置的一些家电、家具，丢弃了大半，还有一些委托搬家公司延迟寄送到北京的网点我再去取，总之这在我看来不像是一个有智商的人会做的事情，然而却是我自己做的。"也许，这是他人生中唯一一次"不符合标准"的冲动行为，所以事情过去那么久了，他依然十分后悔。

他靠着之前的工作积累，慢慢地在北京稳定了下来，还在燕郊买了房子。2007 年，女儿出生了。当时他工作十分忙碌，通勤时间又很长，常常下班回家后女儿都已经睡了，所以他开始思考，如何更好地兼顾自己的事业和身为父亲的责任。他花了一整年的时间考虑这个问题，始终无法做决断。不久后，金融危机让他意识到，做影视后期不是一辈子的工作。他想要做一个好父亲，也希望确定一份终身事业。他决定卖掉房子回老家。

我不是生意人

但回去后做什么呢？这一次，DimLau 没有莽撞行事，他反复思量。

他先是做了一个小规模的广告工作室，但苦于没有客户，"我高估了自己，我的性格做不到，去找客户的时候，我没法开口推荐自己"。继续做影视后期这条路走不通了。

这时，他想起自己对咖啡的喜爱，决定不如开一家独立咖啡店试试，通过"咖啡会友"结识本地设计圈的朋友。这个想法源自他还在北京时的一个小习惯。剪视频的时候，为了提神，他的抽屉里经常放着几包三合一速溶咖啡。当时大众对咖啡的理解相对粗浅，很多人甚至以为，咖啡指的就是速溶咖啡。因工作接触咖啡后，DimLau 很感兴趣，他还记得第一次喝到浓缩咖啡时的震惊——"颠覆了我对这个行业的认识，意识到原来我对一个东西的认识是那么肤浅"。他迷上了咖啡，开始经常和其他咖啡爱好者交流，去国内外的咖啡专业网站上自学咖啡烘焙知识，了解速溶咖啡之外的知识和技术。

回滕州之前，他写了一份创业方案，交给家人们来评估。家人非常支持他，尤其是妻子——他们是彼此的初恋，多年来妻子从未对他有过抱怨。他深受感动，顿时没有了后顾之忧，全身心地投入到咖啡的事业中，从店的选址和装修设计，到店名和菜单，都做了全面、细致的考量。

DimLau 店里的咖啡价格偏高，一杯美式售价 25 元，一杯拿铁售价 30 元，这个标准和星巴克的售价几乎持平。一个四线小城的咖啡店，何以把咖啡卖出和全球连锁咖啡店巨头一样的价钱？在 DimLau 看来，这个定价是合理的。除了一点点的"和大品牌定价相似"的虚荣心之外，主要还是因为，他开在滕州的这家咖啡馆没办法自然而然地营造出一个安静的环境——有些来店里的客人会大声喧哗，甚至抽烟，完全没有一线城市咖啡店里那种自发自觉的安静意识，"所以我就用调高单价的方法来获取筛选客源的主动权——那些因为认可好喝的咖啡而来的安安静静的客人，来上几次我就会给他们很优惠的价格；相反那些觉得这里清静，自己却要破坏安静环境的客人，也会因为我在价格上的不让步而逐渐减少"。他还参考了省会城市济南的咖啡市场行情，综合考虑之后才定了价。

从实际的营收来看，这样的价格并没有什么问题。DimLau 有一张单独的银行卡，专门用来管理店里的账目。从第二年起，店里就不赔钱了，如今也攒了一些积蓄。这样的业绩是无数逃离北上广、去小城市创业的人所向往，但难以实现的。

前几年，不少北漂族卖掉房子前往大理开民宿、办客栈，但绝大多数人被一路上的困难击倒——找当地居民租店铺，和政府协商办经营许可证和卫生、环境许可证，与几百家同类的餐饮客栈相竞争，最终成功创业且盈利的寥寥无几。而 DimLau 是少见的成功者。

现在这家店已经是 12 年的老店，但是 DimLau 仍然认为自己不是一个生意人，"每次收钱的时候还是不自在，到现在每当客人扫码付款的时候，我还有点局促，心里掂量：我应该说话吗？还是应该说打个折吧或什么，就很不舒服"。他曾经在店里推行年卡的活动，一来是为了回馈老顾客、吸引新顾客，二来也方便结账，避免了收钱时内心难以抑制的尴尬情绪。

10 年了，知乎的掂师傅怎么样了

DimLau 从事咖啡行业已经十几年了，在知乎上，他是咖啡话题的优秀答主，很多人因为咖啡关注他，甚至还有一些人仅仅被他的问答所吸引。知友亲切地称他为"掂师傅"，"掂"对应他名字中的 Dim。

10 年前，他在知乎上回答："我现在总结，觉得我之所以能存活下来，和其他咖啡馆里竟然连拍蒜泥黄瓜都卖有很大关系。谢谢他们毫无原则地试图迎合所有人的喜好。希望各自继续下去……"

10 年后，他依然在知乎上回答，只不过字里行间已没有了年轻气盛时的批判和过于鲜明的腔调，取而代之的是岁月打磨之后的沉稳和更加开放、坚实的自信："咖啡不需要人懂，它是一种比较健康的饮品，喜欢就去喝"；"所谓'懂咖啡'其实是指品得出咖啡的'香'，而不是非要和自己对味道的喜好战斗"。

于 DimLau 而言，知乎就像一家咖啡馆——"我喜欢泡在咖啡馆里看人，这是一件很有吸引力的事。"他喜欢在知乎上观察别人如何生活，如何与他人交流，如何看待某一个问题，尤其喜欢看知乎上某些行业鲜为人知的一面等类似问题，还喜欢听陌生人讲述他们人生中的困境或者小确幸。

不知不觉间，他也因知乎而改变。

8 年前，他在自己的店里种了一棵咖啡树，如今这棵树已成为店里的一处美景。树刚发芽时，他兴奋地在知乎上分享自己的喜悦，一位网友在评论中指出，那不是咖啡树，图片里是单子叶植物，不可能是咖啡树。DimLau 看了之后有些不服气，心里想，"你懂什么咖啡"。

几天后，咖啡树的叶子蔫了，长出了两片新的叶子，那位网友又来评论了，"前两天那个单子叶植物的确不是咖啡树，但现在看出来是双子叶植物，这才是咖啡树"。这一次 DimLau 听了之后，心里没有了嘲讽，只有理解和尊重。这位网友不了解咖啡，但是他明白植物的规律，凭单子叶植物和双子叶植物可以判断是不是咖啡树。

DimLau 看了看身后的咖啡树，若有所思地顿了顿，"所以说永远不能掉以轻心，你在自己这个领域里面可能懂，但是科学是可以证伪的，它用别的领域的一些规律，可以证明你这个是不对的。这是知乎对我的一个改变——应该永远抱有对知识、对科学的敬畏之心"。

我这店只开 20 年

在一座温暖的小城，开一家精致的咖啡店，和三两客人聊聊天，或者坐在窗前喝着咖啡读着书。这幅画面出现在很多人对生活的幻想中，但只有极少数人把理想变成了现实，DimLau 就是其中的一个。

"我可能比别人更幸运一点，我把理想拉到现实里来，竟然还不赔钱。"说这句话时，他脸上露出了孩童般的纯真笑容，反复感慨自己多么幸运。过去的 12 年，他遇到了太多阻碍，但不管多难，他都始终坚持着最初的理想——只做自己心中的咖啡店，不向现实妥协。"理想好不容易可以和现实互相不拖后腿，我希望它就这样保持纯粹，不想给它增加任何抹黑的东西，哪怕需要我用其他的方式去赚钱。"

他的目标是把店开成 20 年老店：从 2009 年到 2029 年。到那时他就 46 岁了，不适合继续做下去了。他觉得年轻人和餐厅更搭，年纪大了可能会有点"脏"，比如皮肤上的褶皱可能和餐饮行业的气质不契合。所以他平时就严格要求自己，每天规律饮食、作息。"我现在手还很稳，端咖啡时不抖，不会洒出来；做手冲咖啡时，称重的误差不超过两三毫升，计时不超过两秒。"这都是他自我评估的重要指标。

他笑称自己是一名"咖啡馆刷碗工"——平时 70% 的工作都是刷杯子。从每天上午 10 点到晚上 10 点，大部分的时间他都在为咖啡而忙碌。在未来的 8 年里，这位咖啡馆刷碗工还将继续在这座小城的一角痛并快乐着。

"我一直有一个想法就是，很多你经历过的苦难，平时不要说，什么时候终于走过来了再说，到那时再回头看，感觉都是甜的。"

「 闪米特 」

记录黄河，
记录旅途，
记录自己的心

—

"人生，为什么一定要找到意义呢？做你喜欢的事，成为你想成为的人，不就是最好的人生吗？"探险家闪米特已经47岁了，已不再年轻，但仍继续着漂流。他会把漂流当中的故事写进知乎，也很享受与网友的交流互动。他尤其喜欢与没什么漂流知识的青年"小白"们聊天，因为他也曾像他们一样年轻过。

他时常回想起14年前的那个夏天，那时他还是一名外企工程师。当他生平第一次坐进一只不到1米宽的独木舟中，整个世界都不同了。从山上到水上，世界变大了。有了独木舟，能到达不可能到达的地方，能看到不可能看到的风景。

但他没想到的是，他的人生从此改变，与一叶扁舟终生相伴。

漂流：黄河边的中国

出发的日子定在了5月1日。这是2015年，闪米特41岁，他要去黄河。

对黄河的漂流者来说，5月1日是个不寻常的日子。28年前的那个5月1日，正是长江漂流壮举后的第二年，数十位爱国热血青年从黄河源头出发，经过4个多月的漂流抵达黄河入海口，完成"黄河首漂"。

代价是，7人不幸丧生。

6月25日，自巴颜喀拉山黄河源头出发漂流的1个多月后，闪米特站在了黄河的唐乃亥至羊曲河段的岸边，只是，前一天晚上的一个电话让他紧张不已。

电话那头，一位长者严肃地劝说让他放弃接下来的一段漂流。长者就是曾在1987年参与首次黄河漂流的前辈，当时，他们的一位队友把生命留在了这一河段。此后，再没有人挑战成功过。

热情抵挡不住恐惧。闪米特从早晨开始连上了四次厕所，他甚至想起了第一次代表小学参加市级运动会100米短跑比赛前不停上厕所的情景。

但他，还是下了水。一人一桨，一条皮划艇。

致命的20多公里漂流过后，闪米特活了下来，这是他黄河漂流的第56天。

出发那天，他在海拔4700米的巴颜喀拉山，拜祭过首次黄河漂流中遇难的勇士们。那一刻，他既是在缅怀，也是在忐忑：

前辈们漂流之前，有没有想过会把生命留在这里？自己是否真的做好了准备？

他在拜祭前辈，也在拜祭自己的人生。

这些故事，闪米特写在了知乎上，与网友们分享。

"能在有生之年尽全力去寻找自己人生的人，都是不平凡的人！"知乎网友"海之爱"这样形容闪米特。

你的不怕死，对亲人来说是坏事。——这是亲戚对闪米特的评价。

你怎么就那么大胆呢？——这是朋友对闪米特的疑问。

闪米特说，我享受肾上腺激素飙升的感觉，但绝对不是亡命之徒。促使他走上探险道路并持之以恒的，并非对刺激的追求，也不是因为胆量，而是好奇心。对大自然的好奇、对自我潜能的好奇、对与自己产生互动的一切的好奇。

因为好奇，而非对刺激的追求，闪米特也做到了。2014年，闪米特在漂流珠江的时候，看到源头处有很多垃圾，甚至还漂着5头死猪。

漂完了污染严重、多处断流的珠江，他想到了人口众多、重工业聚集的黄河沿岸。"如果单纯为了漂流，我可能会选择长江。但看到整个珠江的情况后，就会想到，母亲河黄河是什么样的场景？"

于是，在漂流黄河的过程中，闪米特用眼睛、用耳朵，也用笔、用相机记录着黄河岸边。

时间被他分成了两半，一半用在水上漂流，一半用在沿岸调查。每到一个城镇、乡村，闪米特就四处走访，和当地人交谈。

遇到值得关注、记录的段落，就多待上几天。每天晚上，闪米特把白天的见闻整理、记录下来，然后发到网上与网友们分享。

闪米特遇到了寺庙里年轻的喇嘛，遇到了采挖冬虫夏草的藏族人，遇到了生活在少数民族聚集区的汉族商人，遇到了在岸边靠捞尸为生的老人。

他也看到了工厂污水从"保护环境，防治污染，造福子孙"的标语旁排入河中，看到了二三百米长的河岸上就有 12 堆垃圾，看到了沙漠使牧民们失去了家园，看到了人畜共患的慢性寄生虫病。

这种包虫病，是一种人畜共患的慢性寄生虫病，主要由动物传播。由于当地经济落后、资讯不发达、民众受教育程度较低，人们往往意识不到问题的严重性，等到病发总是为时已晚。

> 许多当地人依然习惯喝生水，可当他们来到水井边查看时，发现那里早已被野狗的粪便污染，周围满是饮料瓶、拖鞋一类的垃圾。受到传统信仰的影响，人们不愿捕杀携带病毒的野狗，许多患者也不愿求助现代医疗手段。村民深陷巨大的恐慌之中，没有患病的人只寄希望于藿香正气水使他们远离疾病和死亡……

闪米特的记录，引起了青海大学附属医院专家团队的注意。在闪米特夫妇的建议下，医疗队经过与活佛沟通，把临时医疗点设在了寺庙内，并请活佛在法会上宣讲包虫病的防治知识，取得了很好的效果。

从 2015 年 5 月 1 日，到当年 12 月 20 日，闪米特和妻子用了

234 天，完成了黄河全程的漂流，总里程达到 5490 公里，并形成了 30 余万字的调研报告。他给这份报告起名为《黄河边的中国》。

旅途：在坚持中体验愉悦

自从 2007 年第一次坐进独木舟里之后，闪米特再没离开过。他花了 3000 元，买下了那条独木舟。

从网上搜集国外资料自学，从近海开始练习，他划得越来越远。终于，他辞了职，专职去探险。漂流完这一段，把钱花光了，就回去找工作；攒够了下一段流程的钱，就辞职再出发。

那一阶段，闪米特一般选择团队协作。这有两个考虑，第一是技术上的原因，自己涉足漂流时间尚短；第二是心理上的原因，总感觉不敢独自漂流。

终于到了 2011 年，闪米特独自站在了琼州海峡旁，开始人生中的第一次独自漂流。从横渡琼州海峡、渤海海峡到环渡海南岛，从穿越泰国至柬埔寨的海域到漂流珠江全程，他经历过夜航翻船的险情，也曾与鲨鱼、鳄鱼相遇。直到他来到黄河源头。

站在他身边的，一直是他的妻子张海燕。

闪米特和妻子在旅途中的经历，让很多网友都很钦佩他们的"坚持"。但闪米特说，自己更喜欢用"坚强"这个词。遇到困难的时候，需要坚强。

"我遇到的困难和常人有点不同，探险过程中的困难往往是危及安全甚至生命的，所以求生欲很重要。"闪米特说，自己是

个求生欲特别强的人，一遇到困难，不需要给自己打鸡血，不需要自我鼓励，基本就是靠本能的求生欲来克服困境。但对于旅途之外的生活中的其他困难，他采取的对策正好相反，对自己不擅长的东西就知难而退，不会强求事事完美。

"很多时候，最好容易成为更好的敌人。不危及性命的事情，差不多就行了，没必要强求。"

闪米特说，自从2007年开始学习漂流至今，他更多是从漂流中体会到愉悦。2014年，当时他正在进行珠江漂流。他发现珠江上有很多很多值得记录的事情。于是，他打算在全程漂流珠江的同时，通过相片和文字，记录所见所闻。

发生的有趣故事和无趣故事，让人兴奋和让人高兴的事情，让人情绪低落和颓丧的事情，两岸的风土人情和地理地貌，河道的状况，生物和植被状况等等，被他一一记录下来，发布到了知乎上。

那时候，他刚刚开始使用知乎。最开始的一年，闪米特主要是在知乎上寻找答案，基本没有分享知识。"总担心自己水平不够，不敢随意分享。"

在珠江漂流的时候，他开始从知乎上搜索关于珠江的知识。在珠江漂流的64天时间里，他一边漂流，一边通过知乎平台的答案作为参考，写下了10多万字关于珠江漂流的故事。

闪米特说，面对探险中遇到的困难，自己总结出了克服困难的三个要素。

丰富的知识和经验。个人的知识和经验是很有限的，而知乎等网络平台，集中了大量的人分享的知识和经验，这些知识和经验，极大地提升了我应对困难的能力。

努力，尽自己最大的努力。面对困难时，"努力"是最锋利的武器，很多看起来无解的困难，当我开始沉下心来，努力应对后，发现都不是什么困难。

强烈的求生欲望。在困难和危险面前，强烈的求生欲望，最能让我们迅速地调动我们的知识和经验，行动起来，努力去面对困难和危险，让我们从困难和危险中走出来。

记录：记录旅途也记录人生

很多从事漂流运动的探险家，终极目的是挑战自我。闪米特同意这个看法，不过，他更希望记录下旅途中的一切，包括人生，包括自我。

闪米特在决定漂流黄河之前，做了充足的准备。不仅是关于探险的，关于自救的，更多是关于黄河的，关于中国的。

20 世纪 90 年代，学者曹锦清曾对河南省内黄河沿岸地区，进行了为期两个多月的社会调查，写下了题为《黄河边的中国》的调查报告。那本书，对闪米特的影响很大。但将近 20 年过去了，黄河岸边的中国是什么样子，闪米特想用自己的文字、照片、视频记录下来。

234 天时间、30 万字的调研报告，这是闪米特和妻子认为得到的最大回报。

闪米特和妻子，原本都有稳定且收入不菲的工作。决定从事漂流探险后，闪米特先是辞去了工作。为了支持闪米特的梦想，妻子也在人近中年的时候辞掉了工作。虽然支持丈夫的决定，但妻子还是对不确定的未来感到忧心忡忡。

　　然后，当真的踏上旅程后，她突然发现，这些都不是问题了。"每天迎接你的都是不同的人、不同的风景、不同的事物，每天需要应付的事情已经塞满了你的脑子。怎样到达今天的终点，如果车坏了怎么处理，遇到不好沟通的人该怎样应付……完全是活在当下，没有工夫去考虑未来。当你一路走，一路这样去经历，你就会发现，每天全新的生活已经把你的担心消解掉了。尽管前途还是未知，但当下的生活很充实。"

后来，在妻子的陪伴下，闪米特继续着自己的旅途，获得了很多荣誉，入选了美国《国家地理》杂志评选的"全球十大探险家"。他已经成为漂流领域、探险领域的专家，在知乎上，在各大媒体平台上，频繁讲述着自己的心路历程。这是闪米特喜欢做的事情，也是他的事业。

他不断讲述着勇气的意义、传奇的意义、探索的意义、向死而生的意义。但闪米特还是常常想起最开始出发时候的样子，一条独木舟，和一颗出发的心。

「 小墨与阿猴 」

我们过上了
诗一样的生活
且年薪百万

—

如何才能拍出一张特别好看的自拍照？知乎这个提问下，众多的干货分享中，有个极其简短的高赞回答格外引人瞩目——带上你爱的人一起旅行。

2014 年开始，这位答主和他的妻子完成了一场又一场长途旅行。他们游玩、拍照、写故事、剪视频，脚步覆盖了东亚、北美，再到欧洲、澳大利亚，把生活过成了许多人梦想中的样子。

一个"学电影的怪力少女"，一个"学摄影的闷骚码农"。2020 年，这对夫妻把一辆货车改装成房车，把家带到了更远的地方。他们沿着北纬 30 度线，来了一场 15000 公里横穿中国的旅行，起名为 rolling 30。2021 年 6 月，rolling 夫妻再次出发，沿着丝绸之路一路向西……

表演的车祸现场，我看到了他的魅力

故事的一切，要从两人上大学相识说起。

2007 年 9 月，女主人公小墨，如愿来到中国传媒大学，学习戏剧影视文学。

男主人公阿猴，高考前爱上了动画。但因为没有准备艺术类考试，只好听从朋友建议，考上了中国传媒大学分数较低的计算机专业，计划着将来调换到动画专业。

北京人小墨热情开朗。自称是"小镇做题家"的工科男阿猴，来自山东青州，内敛低调。

两人第一次见面，是在学校社团的公益活动上。阿猴 17 岁入学，比同级学生明显稚嫩。在小墨眼里，那天的他像个高中生。小墨那天穿了件白色羽绒服，气势十足，阿猴说"看起来很像大姐大"。

热爱戏剧影视的小墨，习惯在网站上标记自己看过的电影，写些影评。外表木讷的阿猴，藏着一颗躁动奔放的心。他常常分享自己喜欢的专辑，从民谣、摇滚到流行乐，偶尔会留下几句短短的文字。

兴趣相投，两人逐渐有了更多联络，偶尔相互推荐电影、歌曲，慢慢地亲近熟悉了。某天，俩人像往常一样聊着天，八卦团里的人际关系，话题不知怎么落到了阿猴身上。

小墨问："那你喜欢谁啊？"阿猴说："我喜欢你。"

干脆利落，毫无掩饰，带着横冲直撞的少年意气。

也许是当时太年轻，对爱情还感到陌生。被表白的小墨，没有立刻答应。

小墨矜持着，阿猴坚持着……

从大二开始，阿猴和朋友组了乐队，偶尔一次演出，邀请了小墨同去。

"那次表演称得上是车祸现场。"小墨笑着回忆：阿猴是主唱，当时已经完全跑调，乐队几个人节拍也乱了，观众都傻眼了……但是那一刻，大大的舞台上，一束光打下来，阿猴依旧沉浸其中，疯狂地嘶吼，我突然觉得，他浑身都闪着光，特别有魅力。

就这样，小墨同意了阿猴的追求。

毕业、分离、辗转、结婚、"一瞬"

出双人对的幸福生活，时间总是过得特别快。

2011年初，并没有调换专业的阿猴，进入了一家互联网公司实习。6月毕业后便正式化身"程序猿"，开始了和bug（漏洞）的长久战斗。

2011年9月，小墨远赴英国布里斯托大学，攻读电影学硕士学位。8800公里的直线距离，8小时的时差。原本朝夕相处的两人，只能通过网线维系感情。

2012年5月1日，半年多异地恋之后，阿猴用攒了好几个月的工资买了飞往英国的机票。"因为是第一次出国，他从机场下来，都不知道行李要在哪里取。而等我打开他那个超大号的行李箱，却发现只是塞下了一对送给我的毛绒玩具，他自己的衣物只带了一两件而已。"小墨当时十分感动，给了阿猴一个大大的拥抱。

2012 年下半年，小墨留学归来，进入一家媒体工作。到 2014 年 8 月，由于上升空间狭小，工作缺乏新鲜感，加上要开始准备 9 月的婚礼，干脆辞职了。

夏末初秋的北京，天气好，心情也好。他们把地址选在了公园，策划了一场森林主题的婚礼。从人形立牌、伴手礼、食物主题，几乎全是自己操刀设计的。阿猴偷偷写了一首歌，穿着白色西装，拿着白色吉他，在舞台上唱给了小墨。

歌名叫《一瞬》。

婚礼之后，两人开启了日本蜜月之旅。为了记录特殊的旅行，他们带上了三脚架和积了灰的相机。在北海道恬静美丽的风景中走走停停，享受惬意的幸福。旅途中趁着空闲，小墨把照片和攻略分享到了旅游网站，意外获得了不少关注。

蜜月返回后，对此颇有兴趣的小墨，干脆加盟旅游网站做起了编辑，后来又运营公司的微信公众号，开始为了 10 万 + 努力奋斗。

2015 年 4 月，阿猴辞去做了 4 年的编程工作，决定复习考试，准备去英国学习摄影。"隔行如隔山，还需要扎实地学一下，这个决定了将来能走多远。"

2016 年初，阿猴如愿收到了英国伦敦中央圣马丁艺术与设计学院摄影专业研究生的 offer（入学通知），等待着 9 月开学。

小墨不想再次体验异地生活的苦恼，再次辞职。于是，不再有固定收入的两人，开始向职业旅行博主转型。他们开始尝试在平台上发布旅游、摄影的内容。

知乎上，在"如何拍出一张好看的自拍照""有什么可以打开新世界大门的摄影技能？"等问题下，阿猴上传了旅行自拍照，意外收获了 5000 个"赞同"。

带上你爱的人一起旅行

2016 年 9 月，两人再次来到英国，开启了伦敦常驻、欧洲短途的留学旅行生涯。两人在内容平台自述：学电影的怪力少女，学摄影的闷骚码农，正在从伦敦发来脑电波。

两年的留学生涯，阿猴收获很大。刚入学时，同学们都急着弄个好相机学拍照，但哲学系毕业的导师并不讲摄影技巧，也没有教材，而是用哲学的思路开导学生，找到表达自己的途径。"教的不是摄影技能，教的是一种表达理念。"阿猴说。

评判毕业作品的标准，也不是看照片拍得好坏，而是看每个学生的表达方式，发生了什么改变。"我的毕业作品是一个类似超市的货架，但所有的商品中间都掏空，做成小屏幕。人和商品形成互换，观众变成了作品本身。"

一边是阿猴摄影水准的大幅提升，一边是两人甜蜜旅行的足迹越来越远。照片越拍越多，越拍越有风格，分享之后获得的认可越来越多。很多网友都喜欢上了这对元气满满的组合。

在英国，他们踏上《哈利·波特》的巡礼之旅，制作魔杖、打卡九又四分之三站台、踩着泥泞勇闯苏格兰高地……一路奔波，创造了属于自己的魔法历程。

在冰岛偶遇了当年冬天最大的一场雪，开着车行驶在白茫茫的天地间，最后幸运地在世界的尽头看到了极光。

在巴黎感受浪漫之都的优雅，在诺曼底回望硝烟弥漫的岁月。见到了被雨水淹没的塞纳河两岸，却又神奇地被法国人的乐观所治愈。他们第一次坐游轮，第一次跳海，一起跳着、笑着……

旅游从来不会让我烦，好奇和热爱是不竭动力

旅行虽然外表光鲜，但专职博主的生活，意味着需要投入大量精力做前期策划，应付突发情况，分享旅行经历时大量的稿件撰写、摄影、编辑、剪辑等工作。时间长了，会厌烦吗？

"去到新的地方、遇到新的朋友、看到新的风景、尝到新的美食，那种快乐和满足，会让我忘掉所有的疲劳和情绪。"小墨说。

旅途中，小墨担当编导，阿猴担当摄影师，两人配合默契。"我们这种编导＋摄影的情侣，大概是最划算的模式。"阿猴说。

"可能很多人不相信，但我们确实很少争吵。一方面是因为我们性格比较互补，另一方面是因为旅途中会遇到各种各样的麻烦事，我们也必须学会一起面对。通过磨合，我们把旅行和工作的节奏调整得比较好，不至于太累太辛苦，也不至于太慢没进展。"小墨说。

阿猴说："我们从相识到相恋、相扶，从朋友到爱人、伴侣，彼此熟悉对方的优点和缺点，能理解彼此的脾气和情绪，然后相互理解、包容、体谅。"

工作中都有惰性，但两人都知道有时就是要逼自己一把。"最重要的还是好奇和热爱这个世界，我们发自内心地喜欢旅游，喜欢记录和分享，不把这种生活和工作当作负担，才是最重要的动力。"阿猴说。

5 年来，两人从最开始的自费旅行，到偶尔接广告、赞助，再到如今的年入近百万，粉丝越来越多，影响力越来越大。

"最开始做分享的时候，并没有品牌会赞助，最多就是免费提供机票和酒店。后来就偶尔有一些广告找到我们，到今天，确实有很多机会可以获得收益了。但同时，行业竞争（激烈）得也开始有些内卷了。"小墨笑着说，"市场在不断变化，行情也在变化，所以我们也需要不断拥抱变化。"

rolling 夫妻再出发，生活过成诗的模样

2020 年，小墨与阿猴买了一辆货车，设计改装后，变成了一辆拥有 5 平方米空间的房车，然后就开启了第一趟 vanlife（房车生活）旅途。"虽然 van（货车，卡车）不是很大，但是外边的世界很大。"阿猴在视频里说。

这对 30 岁的夫妻，从北京出发，先后到了山东、上海，沿着北纬 30 度线一路向西，途经上海、江苏、浙江、安徽、湖北、重庆、四川，最终到达西藏，上了珠峰大本营。他们把旅行命名为 rolling 30，100 天，行走 15000 公里，横穿中国。

两人把生活过成了诗的模样。

　　有一个可以移动的家太好了，晚上我们可以从城市出来，早上从一片麦浪、海浪中醒来。

　　北纬 30 度的风景，是繁华，是群山，是蓝天，是荒野，从夏走到冬，身上的衣服渐渐变厚，里程表显示着我们离家越来越远，但实际上，我们只是把家带到了更远的地方。

　　最迷人的风景，不过是你站在我的右手边。

　　最浪漫的情话，不过是一句不经意的早上好。

　　而最伟大的冒险，也不过是无数个平凡的瞬间。

　　2021 年 6 月，rolling 30 的"周边"已经落地。一款胶卷模样的拷包和一本记录瞬间的杂志，成为这趟旅途圆满收官的里程碑。紧接着，他们又开始了新的 rolling 之旅，将沿着丝绸之路的方向，前往中国的大西北。

　　"房车之旅后，我们可能还会尝试露营，内容分享上，现在我们主要做视频，未来也会做一些媒介上的新探索，比如做博客、录音、出歌曲，等等。"小墨对未来胸有成竹。

我们旅行看世界，世界也在看我们

正像阿猴硕士毕业作品中所蕴含的哲理一样，这对夫妻向外旅行看世界的同时，世界也在看他们。

14 年前，他们刚上大学，从来没想过，有机会去到那么多地方，看到那么多风景。今天，旅游成为中国亿万家庭生活中必不可少的组成部分。节假日里景区的拥堵，已经不再是新闻。开着房车去旅行，正在成为一种潮流。

10 年前，他们大学毕业，从来没想过，旅游这种小小爱好，竟然能够成为一种生活主旋律，也没想过，旅行博主会是一个可以养家糊口的职业。今天，各大内容平台上，旅行博主不胜枚举，有的拍摄独特风景，有的记录人生故事，有的装备先进，有的朴实无华，有的以情动人，有的招摇炫技。

5 年前，他们走出国门，从来没想过，国内的文化旅游，在今天会如此受推崇。以前，中国人吵着要去欧洲、日本、美国，去看社会文明、科技进步、文化繁荣。今天，无数外国人来到中国，惊叹于中国的快速发展、科技便捷的生活日常。

小墨与阿猴这对年轻夫妻，驾驶房车横穿中国，沿着丝绸之路迈向西北……他们每次看风景的旅途，也是中国这幅风景中的一抹色彩。他们用不断延伸的足迹证明，中国人正在自信地拥抱民族文化。

「 大泡泡 」

做园丁，
不做木匠

—

作为一个 4 岁孩子的妈妈，大泡泡经常以"老母亲"自嘲。但在她脸上，几乎看不到中国家长惯常的焦虑感。

相反，她和孩子过着一种"诗意的生活"。下雨天，她把盛着面粉的盘子伸向窗外，雨滴打在上面，形成一个个疙瘩，晃一晃，"大珠小珠滚玉盘"。儿子筛出这些面球，边比较大小边惊叹："妈妈抓住了雨滴！"

身为一名儿童课程设计师，大泡泡十分擅长营造寓教于乐的情境。她带孩子们丈量古城墙，用蓝染工艺制作香囊，自己做竹简、画糖画，在探索中融入方方面面的知识。

"我的工作是让孩子玩得开心，学得有趣。"在"起跑线"不断前移、家长"鸡娃"焦虑横行的今天，大泡泡觉得自己做的事情很"小众"，但充满意义。

她曾读过牛津大学心理学博士艾莉森·高普尼克的《园丁与木匠》。在这本畅销书里，作者介绍了两种不同类型的父母："园丁父母"为孩子提供一个充满爱，并且安全、稳定的空间，接受并欣赏孩子自然生长的样子；"木匠父母"则按照自己的想法去雕刻孩子，引导孩子长成自己希望的样子。

几乎是看到这些文字的一瞬间，她就产生强烈共鸣：要做园丁，不做木匠。

会玩也是一种能力

不久前，大泡泡在知乎上传了一段视频：刚开完家长会的同事感慨，现在的孩子除了刷手机，不知道玩什么，也不知道自己喜欢什么。

视频引发了不少家长的共鸣。在电子产品泛滥的年代，快乐似乎唾手可得，但那些真正具有创造力和启发性的玩法却成了稀缺品。

事实上，在日益激烈的竞争中，家长们将更多精力放在孩子的文化课上，很少有人意识到，玩，也是有学问的，有些玩，也是学的方式之一。

正是领悟到这一点，从小对天地山川、鸟兽万物保持好奇的大泡泡在儿童课程设计领域坚持了很多年。

2021年端午，她和同事带孩子们探访一家蓝染工作室，用这种传统的染色技术印染布料，制作出一枚枚古色古香的香囊，配合着关于端午的诗词名著讲解，一天的活动充满了欢声笑语。

科学、文学、历史、自然，都是大泡泡课程中的关键词。设计课程时，她像一个手艺人，穿一根科学的线，拈一朵文学的花，用细密的针脚把跨学科知识穿起来，绣成一幅充满童真的刺绣画。

一个典型的代表是课程"诗中鸟"。除了赏析诗词，她还统计出古人最爱写的几类鸟，按出镜率高低排序，介绍它们的叫声、习性、羽毛结构和代表的文化意向，将语文、数学和生物课有机融合到一起。

同年 5 月底，大泡泡组织 30 多个孩子参观南京中华门，发起一个盲盒测量古城墙活动。打开盲盒，孩子们面面相觑——里面藏着线、健腹轮等"奇奇怪怪"的工具，有一个孩子打开盲盒，居然是空的。

课堂知识不能直接用，小家伙们开始摇头晃脑想对策，有的在城墙上滚动健腹轮，利用圆周长算距离，有的把线绷直，做好标记接力测量。那个什么也没抽到的小男孩，则直接用脚步丈量城墙，最后根据鞋码尺寸算出了结果。

"孩子们那种专注的神情，和解决问题后流露出的喜悦，都是我喜欢这份工作的原因。"借着这次活动，大泡泡和同事还向孩子们科普了度量衡的概念和演变历史。

玩，这件看似轻松的小事，设计起来却大费脑筋。有时为了开发一节课程，她和同事要花几个月时间，走访场地，设计思路，设置逻辑，组织知识，起承转合一样都不能少。

但大泡泡觉得乐在其中，她的声音始终饱满向上："会玩的孩子是幸运的，会玩的大人也是幸福的。"她经历过这个行业的苦，但当看到自己设计的"活书"被孩子们翻开那一刻，"所有的疲惫都会烟消云散"。

冷静应对焦虑与内卷

读"活书"的思想，来自我国著名教育家陶行知。

20 世纪 30 年代，陶行知在《新旧时代之学生》一文中写道：

"什么是活书？活书是活的知识之宝库。花草是活书，树木是活书，飞禽、走兽、小虫、微生物是活书，山川湖海、风云雨雪、天体运行都是活书。"

大泡泡非常喜欢这段话，然而第一次引用这段名言，却是因为焦虑与内卷的话题。

一次在与私立幼儿园接触过程中，她得知大班的孩子一周七天培训班塞得满满当当，"被疯狂内卷震惊了"。当时正值春暖花开，她百感交集，制作了一条视频——《小学会玩才会学：春天不是读书天！》

大泡泡见过被焦虑裹挟的家长。她所在小区的一名家长在辅导孩子作业时出离愤怒，高声怒吼："你的脑子里都是 × 吗？"周围的邻居听不下去了，发到业主群里，那名家长才消停下来。

在另外一个群里，她见过一群为孩子做文具攻略的家长，连一支笔、一块橡皮都要反复对比，生怕孩子在学习用品上落后于别人。

大泡泡所在的教育领域属于素质教育的一个分支。这个领域就像一个天然的筛子，将那些单纯"鸡娃"家长排除在外，留下来的都是"教育要促进人的全面发展"等理念的拥趸。

但在一个焦虑的大环境里，她还是会经常遇到各种内卷现象。根据媒体报道，近年来，我国少儿艺术培训市场规模逐年扩大，2017 年全国市场规模约为 670 亿元，到了 2020 年，这个数字几乎翻了一番，达到约 1300 亿元。

大泡泡的一个关注者曾向她吐槽，家附近开了个针对 0—3 岁孩子的托育班，销售顾问拽住她和 8 个月大的孩子推销"以

大泡泡带孩子们观察
蚁群的战斗

脑科学为基础研发的婴儿编程课"，吓得这位母亲抱着娃"嗖嗖
地跑"。

即使是在她的课上，也能看到这种焦虑的痕迹。一次在博物
馆上古籍文化课，家长陪孩子坐在一起听课，本意是营造"亲子
同'学'"的氛围，但当老师提问时，一些家长会因为孩子不举
手发言而面有愠色。

发现这种情况后，大泡泡在后续课程中做了调整，家长全部
坐后排，"要给孩子一些空间"。

其实，她很能理解这些家长的心情。"最焦虑的应该是小学
生的家长。"大泡泡解释说，这个阶段孩子的学习之旅刚刚开始，

拥有无限可能，寄予厚望的家长容易患得患失，"害怕一步错，步步错"。

但她旗帜鲜明地反对过度"鸡娃"。对于素质教育来说，小学也是一个特别宝贵的阶段，孩子课业压力没有那么大，"要给他们时间去做一些积累"，"如果不给孩子机会，中学以后上历史课，中国五千年的历史放在薄薄的几本书中，难怪孩子只能去背"。

对于那些深陷焦虑与内卷旋涡的家长，大泡泡的建议是"保持冷静、独立思考"。教育不是流水线，当面对潮水般涌来的信息时，家长要做的不是盲目"鸡娃"，而是根据孩子和家庭情况制定适合的教育路线，为孩子撑起一片自由发展的空间。

给孩子更宽容的成长环境

在相对自由的课堂环境下，大泡泡见过很多孩子的"另一面"。

一个读小学三年级的男孩，学习成绩并不突出，但在实践课上表现出强劲的创造力。在蓝染课上，他全程独立操作，与其他很多孩子的随机图案相比，他有意识地设计并染出更复杂的正方形重复花纹。在古城墙测量活动中，他在抽到空盲盒的情况下，很快想到用自己的身体丈量——就像度量衡出现以前，我们的先辈所做的那样。

在大泡泡看来，应试教育与素质教育从来都不是对立的，素质教育强调的是不要只看重学习成绩，更要注重孩子的全面发展。

在这个更宽广的维度下，她总能发现很多孩子被忽略的闪光点。

这也时常让她反思："我对孩子的期待是什么？我的局限在哪里？"

她想起自己"不按常理出牌"的妈妈。小学时老师要求把词语默写 5 遍，写完家长签字，在确认女儿写一遍就学会后，这位女士在签字栏上写道："她已经会了。"

现在，大泡泡要把这种更宽容、不僵化的态度传递下去，带给儿子和学生。她带孩子们参观大大小小的博物馆、展览馆、陶瓷馆，取蚕茧缫丝，采栀子染色，感受历史文化、自然光影，与纸书联系着、交叉着阅读生活这本"活书"。

这个读书行路、行路读书的过程被她视为"耕种"。"我们既要关注脚下，也要关注那些影响孩子一生的品质。"她希望让走进这片田野的孩子们学会爱、学会表达、学会解决问题，以积极阳光的心态看待这个世界。

发现平凡之美

在众多塑造生命走向的品质中，大泡泡尤其关注一项——发现美的能力。

她始终记得一个具有启蒙意义的时刻：初中时走在校园里，阳光从白蜡树树叶的缝隙中洒下来，一阵风吹过，树叶窸窣作响，光束像钻石般晶莹闪亮。看着这个美妙的场景，她的脑海里不自觉地浮现出叮叮当当的声响。

从那时开始，大泡泡意识到自己比常人更容易察觉生活的细节之美。

成为一名母亲后，她把这种敏锐感代入到孩子的教育之中，带儿子"抓光""抓雨"，观察池塘里的小鱼，或者把白纸板剪成心形，戳满小洞，插上采来的花花草草。

平日里，她鼓励孩子在生活点滴中学会欣赏美、发现美，用自己的能力创造一点美，这样"在未来生活中他的幸福感来源会更多、更丰富一些"。

善于发现美的眼睛和充满创意的头脑，让大泡泡仿佛具有一种"化腐朽为神奇"的魔法。在问题"有哪些百元内的儿童玩具非常值得入手"下，她分享了用 9.9 元一套的彩色儿童玩具杯搭

课程开发前，大泡泡和同事反复走访蓝染艺人

积木、过家家、打"保龄球"、学英语单词的经历，把再普通不过的生活用品玩出了花。

最终，这条内容获得近 5500 个赞同，成为她在知乎最受欢迎的回答。

她的网名"大泡泡"，源自儿童观察肥皂泡的课程，也带有在日常生活中发现乐趣的寓意。一个看似平常的泡泡，能引出"用什么工具能吹出泡泡""泡泡是什么颜色""泡泡是如何破灭的"等一系列带有探究性、启发性的问题，让孩子既得到游戏的快乐，又满足了自己的好奇心，增加了科学知识。

她坚信，只要用心，即使在一个转瞬即逝的泡泡上，也能让生活与探索和学习无缝衔接。

她还悟出，发现平凡之美的另一层含义，是家长要带着欣赏的眼光去看孩子，"鼓励他去长成自己最好的样子"，达到一种自洽、愉悦的状态，而不是这山望着那山高，徒增焦虑与烦恼。

这些感悟，是儿童课程设计这个新职业带给大泡泡的礼物。对她来说，这是一份老了坐在轮椅上晒太阳时，能够笑着去回忆的工作。

随着儿子一天天长大，大泡泡不确定自己有一天是否也会陷入小小的焦虑。但可以肯定的是，无论如何她都会努力做一名园丁，让孩子"自由地对宇宙发问，与万物为友"。

03
—

拥抱变化：
时代潮流奔涌向前

我们正处于一个变化的时代。潮流奔涌向前，智者驭时而进。

透过知乎这扇窗，看看另一些生命，在同样的时间维度里，如何捕捉机会、拥抱变化，开启全新的体验。其中有忐忑摸索，有锚定而动，有一路顺遂，也有跌宕起伏……

这一章，送给在迷茫中渴望活得明白的年轻人。当你面临重要选择时，或许可以放下一切惆怅和失落，问问自己，究竟喜欢做什么，想成为怎样的人。在改变的时代改变自己，拥抱生命的无限可能。

「 chenqin 」

只计划
一个小时的
数据帝

—

chenqin 的微信头像，来自太太手绘的一幅画，画的是一种流行于西亚、地中海一带的传说生物——狮鹫兽。它拥有狮子的身体及鹰的头、喙和翅膀，也称"鹰头狮""狮身鹰"。狮子和鹰分别称雄于陆地和天空，因此狮鹫兽被视为强大、尊贵的象征。

2021 年 5 月 11 日，姗姗来迟的第七次全国人口普查数据终于公布，无数民众急切地等待着更深一步的信息解读。不出意外，长期关注人口问题的数据帝chenqin，在知乎上收到了数百人发来的回答邀请。在回答开头，他特意写道："这大概是我上知乎以来被邀请数量最多的一次。"

这篇长文的末尾，他写道：想必大家也注意到，这个答案里面引用的很多数据和观点，都是我自己的回答，而且是七八年前的文字了。该说的话，早已说尽了。所以这几年每每看到人口相关的数字和讨论，脑子里常常就是一句话：Told you（告诉过你了）！但转念一想，说过又能怎么样？什么都改变不了啊。于是再无奈地回答自己一句话：So what（那又怎样）？

欣然接受数据帝昵称

　　chenqin 是在邀请注册阶段就加入知乎的早期用户，他的第一篇回答发表在 2011 年 11 月。那时他正在美国交换学习，攻读博士学位。

　　chenqin 的语言风格鲜明，且长期保持一致——言必有数据，数据必有出处，数据之间相互印证。网友给他送上外号——数据帝，他欣然接受，写在自己的知乎昵称里。

　　在知乎"chenqin 是谁？"这个问题下，chenqin 自己做过回答，"算是科班出身的经济学研究人员""学术造诣谈不上，至今在知乎上做的，无非是用数据或逻辑分析一些浅显的问题"。其实，他在复旦大学经济学院从本科一路读到博士，毕业后留校任教两年，长期关注城市化、人口等宏大而深刻的经济学问题。

　　chenqin 在自述里写道：自己运气不错，碰到几位好老师，聆听不少指导，起码在专业上养成了比较良好的习惯。最看不惯的，是无理无据的胡扯，必放下手边论文，搜集证据驳斥之。但好在所驳内容往往与论文本身相关，在这样的过程中，也成长不少。

　　父母均为大学教师，在上海土生土长的 chenqin，享受了得天独厚的教育资源。但在关于异地高考的热闹争吵中，他力挺异地高考的必要性。他的太太不太理解：一个上海人，没有反对异地高考还算正常，可他又何必去做推进异地高考的举措呢？他说，大概是他比较有正义感。

　　虽然从小生活在大城市，但 chenqin 对于农民和农民工有着先天的亲切感和关心。早期所写论文，篇篇逃不过农地、人口或移民。有人曾经建议他转型，做一些主流文献在跟进的话题，他不愿意。他始终相信，自己在研究的问题，也许不能直接推进经济学理论的前沿，但一定能最直接地解决中国的实际问题。

我的梦想，是努力让正确的东西成为绝大多数人的共识

"大概是我骨子里有一种好为人师的基因，向外输出内容，可以让我持续获得快乐。"chenqin 这样解释自己在知乎上长期创作的动力来源。

"知乎总能找到一些能让人抓耳挠腮、好奇到不吃饭不睡觉也一定要熬出一个答案来的好问题，所以就会自然而然地驱动着我去分析研究。偶尔也会看到一些错误的观点和认识，我就更是特别有动力去把它们纠正过来。"

与一些答主不屑于评论区讨论截然相反，chenqin 在评论区总是据理力争，甚至有些咄咄逼人。"数据是非常客观的，如果我的数据错了，我就纠正、道歉，但是如果没错，我就一直怼到赢下来！"

chenqin 语速快，语气坚定。"事实证明，大部分时候我都是对的。"

当然，评论区里那些仅是抒发情绪的"水评"，chenqin 是从不搭理的，他只挑选那些攻击力强、水平高的评论，予以精准还击。

"我的梦想，是努力让正确的东西成为绝大多数人的共识。"

这句话写在 chenqin 的知乎文章里。

通过知乎找到心仪的工作

留校任教两年后，chenqin 出走业界，进入大数据公司担任首席经济学家。这段换工作的历程，跟知乎密切相关。

之所以离开学界，chenqin 把主要原因归结在冗长而低效的审稿、改稿上。一篇文章用一个月可能就写好了，但后面要不停地去报告，还要经历投稿和数轮审稿，花上一年甚至更长时间，才能发表出来，其中大部分时间和精力都被消耗在修改细节上。

"一项研究最有意思的部分，在第一个月就已经结束了，后面花的百分之九十以上的时间，只是在对百分之一的工作进行修改。这样就比较容易腻。"

chenqin 回忆说，他曾有一篇文章，投给一个较好的期刊。对方不停地让他修改，而他觉得"修改意见越来越蠢，完全是浪费时间"。他心里很烦，但这个期刊对评职称特别有意义。

"那段时间，收到修改意见，我脑子里都是一团乱麻，需要看几部动漫，看一场电影，一星期过后，把胸中的烦闷纾解掉，我才能动笔去修改文章。"

这时，chenqin 想起了知乎上一个正在创业的朋友——同样是知乎用户的 Mrtoyy。"我们在知乎盐 club 上见过面，他们在做大数据方面的工作，还请我加盟。那天，我再次收到继续修改文章的要求，感觉真的不想再炒冷饭了，就联系 Mrtoyy，问他公司具体在做什么，好不好玩。"

很快，chenqin 就受邀来到了新的公司。大家畅谈中，谈到"新经济指数"的技术问题。chenqin 很开心，觉得研判"新经济"的工作很有价值，会生出很有意思的东西。

在兼职工作一段时间后，chenqin 于 2016 年 2 月正式加盟。一个月后，与财新联手共同研究的 NEI 中国新经济指数（New Economy Index）正式发布，获得巨大反响。通过浩繁的大数据挖掘，NEI 量化中国新经济的现状，反映新经济在整个经济中占比的变化，填补了经济转型过程中新经济度量的空白。

如今，新经济指数与政府方面的合作已经开展，在政策层面和实业层面都得到了认可。

"学界做研究也有一些数据，但数据量总是有限的；业界有大量数据，但是分析不好。我们既有数据收集能力，也有分析能力，把学界和业界的优势结合起来，可以做的事情就很多！"chenqin 说。

别问我房价、股票！

"你那么懂数据，能给我推荐几支股票吗？""从你的分析来看，房价还会涨吗？买哪里最划算？"

数据帝 chenqin，常常遇到亲友们这样的问题。他对此的统一回复是：数据分析是我的兴趣，但房价、股票、基金、理财不是我的兴趣，我没有研究过，也不懂。

　　说了这番话之后，自然还会有人追问：不要谦虚嘛，就说说你们家是怎么理财的，我们照着学就好。

　　"我自己不理财，我对理财没有兴趣。"chenqin 再解释。

　　"研究那么多数据，不用来理财吗？""不理财，研究这么多数据还有什么用？！"

　　有时，chenqin 还会再解释两句，有时觉得解释不清，干脆就摊摊手，不再说话了。

　　生活里的 chenqin，确实不关心理财。收入到账后，他留出自己的零花钱，剩下的都交给太太打理。

　　"我喜欢吃，舍得在吃上花钱。假如我今天有两千块，我就吃两千块的东西。总之有多少就全花掉。我这个人攒不了钱，也不关心理财，更不会给别人理财提建议。"

　　难道不觉得自己的数字天赋，应该顺理成章地为家庭理财做些贡献吗？

　　"我不觉得自己有理财的天赋，我只是有分析数据的兴趣。数据分析是对事实的归纳总结，股票基金涨不涨，受到很多因素的影响，是很难分析出来的。这是完全不相干的两回事。"

主动奶爸，被动鸡娃

　　1986 年出生的 chenqin，大学刚毕业就结婚了。那时，他仅超过中国大陆的法定婚龄（男性 22 岁）一个月。他和太太是初中同学，成家后一直生活在上海，如今女儿已经上小学。

刚来到业界的一段时间里，chenqin 每周四晚上从成都飞上海，周一再从上海飞成都。几个月之后，他觉得女儿需要更多陪伴，就跟公司商量，决定留在上海家里，远程办公。

"公司给了我很高的自由度，十分难得。我不是自控能力很强的人，但好在做的正是自己感兴趣的工作，所以就能控制，远程办公反而效率更高。"chenqin 说。

太太外出工作，居家办公的 chenqin 有了更多跟女儿相处的时间，主动担当起"奶爸"的角色。

女儿上学由奶奶接送，chenqin 每天上午 10 点起床开始工作。下午 3 点半女儿放学回来后，便进入奶爸时间，陪着孩子玩游戏，辅导做功课，做饭、收拾家务。晚上 11 点，等女儿进入梦乡，他再继续工作到凌晨 4 点。"带娃还挺有乐趣的，比其他工作更有乐趣。"

chenqin 说，他并不要求孩子要学多少知识，也不要求她努力考第一名，只要快乐开心就好。"可她对学习的确有兴趣，觉得学习知识是有乐趣的事，我总不能拦着。"

只计划下一个小时，别瞎折腾

"未来有什么打算？有想过 10 年后自己是什么样子吗？"笔者问道。

"我只计划下一个小时的事。"chenqin 说，"我相信一切能抓到的东西，只想着把下一个小时过好。每一个小时都过好了，一辈子就过好了。长远计划其实是做不出来的，既耽误时间，还容易焦虑。"

家庭的操持中，chenqin 也并非主动规划者的角色。偶尔的旅行计划，往往是由太太提出思路，chenqin 来判断是否可行，以及如何执行落地。太太说想去爬山，chenqin 会综合研究天气、交通、时间、身体状况、景区淡旺季等因素，分析得出结论——在×点去爬×××山不合适，可以在××点去爬×××山，应该订××酒店。然后再由太太决定，是听取他的建议，还是更换新思路。

chenqin 对数字有一种非同寻常的敏感，也有一种非同寻常的执念。在他看来，分析数据是在发现客观规律，但发现后却又往往只能就此止步。因为谁都没有修正规律、改变趋势的能力。

也正因此，根据数据分析去做判断、做决定，违背他的认知，会让他产生抵触情绪。

chenqin 说："只要数据真实无误，就能得出正确的分析结果。通过分析结果计划、指导未来，是另一回事。更何况，我对未来也没兴趣。"

日常工作里，撰写一些分析报告时，chenqin 往往能在数据分析的部分绽放光彩，但结尾处的建议部分却常常犹豫不决，难以下笔。团队配合时间久了，相互有了默契，也不再为难他。

这位专注于人口问题的研究者，从 8 年前在知乎回答第一个相关问题开始，就一直反复强调同一个观点——生育率很难通过外力改变。

"即便是计划生育这样的强力政策，对生育率的改变也很有

限。人口问题上，计划生育、鼓励生育，放到大的时间线上来
看，不过都是瞎折腾。很多问题都是一样的道理。"chenqin 说。

　　给女儿起名时，chenqin 建议用"叙""绘"两个字，寓意记
叙、描绘当下。但这个建议，遭到了家人的集体否定。最后，女
儿的名字，取了计划未来的"迢"字。

「 张佳 」

我在知乎
养猪

—

"不好好学习，将来你就只能去养猪！"这是不少家长都曾脱口而出的一句气话！

说者无心，听者有意。有趣的是，这也是无意间就伤害了一个行业上千万从业者的难听话。

"很多养猪公司都有博士、硕士，个别还有院士专家工作站。现在可以直接与外国专家交流的同行比比皆是。很难想象，如果不好好学习，怎么来养猪！！"一番回怼，来自养猪多年的答主张佳，也让他收获了在知乎的最高赞。

因好奇未知而入乎，为宣传行业而发声。张佳在知乎聊了 9 年养猪的事。这个长着娃娃脸的福建人，从最基层的养猪场场长开始，一路成长为上市公司高管，他学英语当翻译，出版行业专著，攻下博士学位。如今，他和朋友一起创业，为养猪业数字化升级变身"云中飞人"……

云中飞人的日常

作为微猪科技公司的合伙人，张佳负责公司所有对外事宜，为养猪行业数字化升级不停奔走。2020 年，他的飞行总里程超过 99.7% 的乘客；滴滴上的里程超过 99.9% 的乘客。

2021 年 6 月我采访张佳，也见证了云中飞人的日常生活状态。

我通过知乎私信说明来意。他秒回，干脆利落地留下了电话号码。取得联系后，他爽快地答应了第二天上午的视频采访。

张佳很瘦，干练、精神，留短发，娃娃脸，穿白衬衫，看不出年龄。语速不快，有些话要反复问，等他重复几遍或者换个说法，我才能听明白。

他以为一个小时就可以完成采访，没想到只聊了一半。紧接着，他连着去外地参加两场会议，飞机转高铁，高铁转高速，旅途中还要准备各种材料，跟新老朋友们打招呼。

因此，第二次采访的邀约拖了三四天。我有点着急，于是发去一段语音，强调了重要性、紧迫性。几分钟后，他发来留言表示道歉，说明天晚上 8 点半的飞机，按照习惯，会提前一小时到候机厅，可以再聊。

于是，这第二次采访，伴随了他候机、登机、关机的全过程……中途因为信号问题几次断掉，他都很快打过来。

即使这样，直到挂掉电话前，还有几个问题没有说完。他说，干脆我文字回复吧。我紧着追问：什么时候能给我？他说，我就在飞机上写，下飞机有网了就发给你。最终，我在第二天凌晨 1 点 45 分收到了回复材料。

一场意外的断电

干脆利索、勤奋靠谱的张佳，并不是从小就这样。相反，他还曾是一个"问题少年"。

1983 年，张佳生于闽南农村。小学时他聪明伶俐，成绩优异。初中轻松考上县一中后，沾沾自喜、骄傲自满的情绪，导致成绩很快下滑。

随之而来的，是朋友圈和身边人眼光的改变。"对一颗幼小心灵而言，最大的变化就是对未来没有信心，丧失进取力。"张佳说。于是，高中时他落入了全县最差的高中，因为身材瘦小，还经常被人嘲弄、欺凌。

初高中的几年里，张佳混迹于各种游戏厅。拳皇97、合金弹头，再到红色警戒、仙剑奇侠，游戏占据了他大量的时间，"成绩基本已经废了"。

高二暑期的一个夜晚，一场意外停电改变了他的命运。

"没电了，游戏玩不了，我们无聊难受啊，着急地到处去找，结果发现镇上所有的游戏厅都停电了……突然不知道该干什么了。"

这次停电让张佳重新思考人生。"人不可能在虚拟世界里过一辈子，总是要回到现实生活中去的。"他好像突然开了窍，就此决定要重新开始，努力考上大学。但是，当时在这所中学考上大学难度极大。上一届只有一名毕业生考取了本科院校。

这一次再出发，很快招来了身边朋友们的笑话。但他咬着牙，憋着劲。不久后，头脑聪慧的张佳，成绩上有了起色，老师的表扬更增加了他的信心。

一年后的高考，张佳考了全校第二名，被福建农林大学录取。那年全校有两人考上了本科。

误打误撞，与猪结缘

张佳偏爱数学，但未能如愿，高考后被调剂到了没有听说过的动物科学专业。上大学期间，他仍然在数学上努力用功，获得大学生数学建模竞赛全国一等奖，在《工程数学学报》上发表了论文。业余时间，他兴致高昂地写网站程序，参与学校网络管理和网站制作，立志毕业后去做程序员。

偶然的机会，他帮助一家养猪企业创办"福建种猪网"。所有程序代码的编写，包括域名注册等都由他一人完成。网站上线运营后，公司老板邀请张佳去玩，顺便把网站再完善一下。

"于是，我跟着他到了永诚公司，这一玩就玩进了养猪圈子，出不来了。"张佳笑着回忆说。此后他便开始在永诚兼职工作，毕业后正式入职。

公司发展很快，有很多挑战性的工作机会。张佳不仅长驻猪场，负责一线生产和管理，同时承担对外宣传、接待客户等工作。虽然很苦很累，但充实快乐。

当时，永诚与美国华多农场商谈合资建场事宜，但是公司里没人会英语。这时，张佳大胆揽下任务，大量地查文献、查字典、做翻译，终于弄清楚了合同细节，促成了双方合作。

"我虽然缺乏对养猪的热爱，但公司同事、圈内朋友都很好，相处得很愉快，我做的事情得到了大家的认可，很有成就感，所以也愿意更卖力地工作。"

张佳很感谢第一份工作，在永诚这个平台学到了很多东西，积累了宝贵的基层经验。没有这些最开始的积累，后边的发展都无从谈起。

吃过猪肉，却没见过猪跑

2012 年 7 月 19 日，张佳来到知乎，成为第 333848 位用户。最早是因好奇而来，后来慢慢做些回答，特别是看到网友对养猪行业有误解的时候。

"俗话说，没吃过猪肉，还没见过猪跑？但现在大部分人都是只吃过猪肉，却没见过猪跑。"张佳说，中国的养猪行业在过去的十几年里，发生了天翻地覆的变化，但是普通大众没有感知，存在很多偏见。所以，他愿意为行业发声，传递正确的信息。

20 年前，农村很多人家都有喂养一两头猪的经历，薅些野草垫猪圈，剩菜剩饭当猪食。养猪，被公认为最脏、最累、最没人愿意干的工作。然而今时不同往日，规模化的养殖企业里，一个猪场可以养几万头猪，却并不需要几个工人忙碌。饲料投喂、粪便清理都是半自动或全自动处理，从猪舍的设计施工，到种猪繁育、疫病防治、环保处理等各个环节，科技含量越来越高。

"现代化养猪业，已经是个高科技行业了，但是大众的认知，还普遍停留在 20 年前。"张佳说。

在"用'你不好好学习，将来就得去养猪'来教育小孩好吗？"这个问题下，张佳的长篇回答获得了高赞。他说，这是对我们这个职业的歧视。很难想象，如果不好好学习，怎么来养猪！！

后来，张佳离开永诚公司，加盟位于福建南平市的福建一春农业发展有限公司。南平，正是全国闻名的科技特派员制度的发源地，非常重视科技研发投入。身为高管的张佳用尽所有办法，把国内甚至国际能找到的领导、专家都找来了。

2014 年，一春公司引进中国科学院黄路生院士及其专家团队，指导公司技术创新发展战略。与此同时，在江西农业大学，张佳开始攻读动物遗传育种与繁殖专业博士学位。2016 年，一春公司院士专家工作站被福建省委组织部、科技厅等部门联合授予"福建省院士专家示范工作站"。

你们养猪的，自己都不吃猪肉吧

偏见之下，总有各种各样的质疑，让张佳哭笑不得。最常见的问题是——你们养猪的，自己都不吃猪肉吧？

张佳说，从大学开始，我在这个圈子里待了 20 多年，认识的人不算少，但不吃猪肉的，只见过一个，原因是他吃素……"我出门吃饭，点的第一个菜就是猪肉。"

十几年前的瘦肉精事件，让很多人直到现在都对中国猪肉没信心。张佳解释说，从那次事件以后，瘦肉精是屠宰场和商超必

检的，可以说不会再有瘦肉精问题了。"我从业这么多年，没见哪个养猪企业用过瘦肉精，市场上也从没见过有人卖瘦肉精。"

此外，还有人担心瘟疫、转基因、抗生素和药残等问题。但是总体上来说都是多虑了，猪肉目前也不存在转基因的问题，只要是从正规菜场、超市购买的猪肉，都是可以保证安全的。

有人质疑，猪肉为什么那么贵，能否预测猪周期？

张佳笑笑说，某上市公司董事长曾经宣称，只有神仙或者神经病才能预测猪价。养猪行业存在着一定的循环周期，原因也容易理解。猪价上涨后，会有更多人进入养猪业，导致猪肉供应量增加，在需求量保持不变的前提下，就会出现猪肉价格下降，然后一些养猪人退出，随之供应量下降，猪价又上升。如此循环往复。

但是，养猪行业同时是个高风险行业，总会有一些黑天鹅事件发生。比如前两年的非洲猪瘟，就导致中国境内生猪大量死亡，短时间内市场供应量急剧下降，所以猪肉价格就出现大涨。"类似这样的大大小小的突发事件，会打乱原有的循环周期，因此难以预测。"

见微知"猪"

7年前，一个朋友找到张佳，希望他推荐一个好用的软件系统，让猪场管理省点力气。

"他觉得我学过计算机、做过网站，所以来找我求助。但我仔细想了想，发现市场上没有什么好产品可以推荐。后来，我介绍了两个朋友，去帮他做这个项目。他们双方认为，既然我是介绍人，也应该一起参与。所以我就投了点资金。"

就这样，张佳和两位合伙人在 2015 年 2 月共同成立了微猪科技公司，开发猪场数据管理软件系统，让猪场管理者能够更加便捷高效地获取猪场内的各种传感数据，从而提升管理效能。

行业内专家推介说：微猪科技是你口袋里的猪场，掌上的养猪参谋，帮您实时掌握猪场动态，是一款傻瓜式的靠谱软件。

"我们的产品根植在微信生态上，愿景是让养猪的数据管理和使用微信一样简单，所以起名微猪科技。同时，我们觉得，养猪行业的数字化升级是大势所趋，从这一件小事上可以'见微知著'。"

微猪科技刚起步的前几个月，合伙人黄福江独立承担了全部工作，张佳还在其他公司任职。随着时间推移，微猪科技的客户越来越多，工作量越来越大，就逐渐增加人手，张佳后来也全职参与其中。

目前公司员工 20 多人，除了张佳、销售和行政 3 人外，其他都是研发人员。公司相信，好的产品比销售技巧更重要。张佳负责对外事务，因此常常奔波在外，忙着参加行业研讨、会见客户、开拓市场，等等。

"雷军曾经说，只要站在风口上，猪都能飞起来。现在，养猪产业的数字化、智能化，自己站在了风口上。猪真的要飞起来了！"张佳说。

很多事情逃不过时间

2020 年起，微猪科技已经实现盈利。截至 2021 年 7 月底，微猪科技服务的养殖场达到 5500 家，覆盖的母猪规模达到 80 万头，相当于每年出栏生猪 1400 万头的养殖规模。

人工越来越贵，成本越来越高，提升智能化、数字化管理水平，成为中国养猪行业的迫切需求。微猪科技公众号上线当天，就吸引了一千人关注，其中不乏上市公司的高管。如今，很多用户主动上门求购系统。还有的提出个性化需求，希望微猪科技做定制研发。

张佳说，当初决定创业时，就是想做个简单好用的工具出来给大家用。到今天，已经逐渐变成一种责任。"这么多养猪的朋友，信赖我们的工具，需要我们不断更新、升级。我们总不能突然说，明天不更新了，你们看着办吧。"

2021 年，微猪科技的关键词是"连接"。连接更多的物联网设备，连接更多的养猪场，连接数据和管理，连接运营服务、金融服务、保险服务、供应链服务等等。通过连接，提升行业管理水平，创造更多价值。

从考上大学被调剂专业开始，张佳已经在养猪圈里待了 21 年。从永诚到一春，从福建到浙江，从高管到老板，他做过翻译，出过专著，攻下博士，荣升人父。如今张佳仍然奔波在路上，还有很多行业会议要出席，很多报告要分享，很多朋友等着他去帮忙解决猪场的一道道难题。

"如果没有刚毕业在猪场里摸爬滚打的那几年，我也不会积累下宝贵的一线经验。如果不是我经常走访企业，邀请科技专家帮忙，帮助组织研讨会，也不会有那么多人认识我、信任我。如果没有大家的信赖，2014 年就不会有朋友找到我，希望我来做一款软件，也就不会找到今天的发展方向。"

张佳相信长期主义。他总说，很多事情都逃不过时间。10 年前，谁也不会想到，中国会出现一个全世界最大的养猪企业——牧原集团。10 年后，世界又不知道会变成什么样子。只有脚踏实地，努力向前。

「 翘囤奶爸 」

斜杠奶爸

—

央企高级翻译 / 带娃主力奶爸 / 自媒体创作者，翘囤奶爸每天都要在这三个身份间来回切换。

他凌晨 4 点半起床，晚上 10 点睡觉，一天的时间安排得满满当当。自从 2019 年女儿降生，就像一台满负荷运转的计算机，翘囤奶爸开启了多线程模式：工作之余，他和家人一起照顾孩子，实践自己的儿童英语启蒙理念，为自媒体事业奋斗，活生生把自己逼成了一个"时间管理大师"。

"我很享受这种状态，清楚自己想要什么。"他的知乎 ID "翘囤奶爸"，目前有超过 42 万关注者，收益可观。女儿"叶女士"在他的悉心陪伴下一天天长大，活泼开朗，词汇量和饭量与日俱增。

和很多父亲面临的矛盾一样，翘囤奶爸既有一颗强烈的事业心，又无法接受缺席孩子的成长。奋斗之路上，他时常感谢这个充满活力的"斜杠"时代，让拥有多重职业和身份的生活方式成为可能，让副业和父爱如此相得益彰。

写干货，来知乎

在知乎，翘囤奶爸是母婴领域的头部创作者，发布的内容获得 23 万次赞同、28 万次收藏。但几年前，他从未想过自己会涉足这片领地。

2014 年硕士毕业后，他入职一家央企总部，担任英语翻译。央企工作朝九晚五，职业路径"一眼望得到头"。但这种稳定带给他的不是安全感，反而是一种焦虑。

"我是个喜欢折腾的人。"工作之余，他一直想发展一份能倾注热情的副业，对抗日常的虚无和平庸感。

妻子怀孕的消息加速了这个进程。孩子的到来固然让人欣喜，但同时也在提醒他，"留给自己探索的时间不多了"。

"副业"，是这个信息充分流动的时代给予每个探险者的礼物。经过无数个辗转反侧的夜晚，翘囤奶爸最终将目光投向了方兴未艾的自媒体领域。他最初的设想是依托专业，成为一名主打英语教育的自媒体博主。

他在一家短视频平台注册了账号，发布十几秒的英语视频，凭借短短两个月吸引了近 30 万粉丝，手机一度因为涨粉消息过多而卡顿、发热。

流量奔涌而至，但翘囤奶爸很快发现了问题：人们大都是因为"10 款豪车品牌如何发音"之类的"花拳绣腿"关注他，而那些真正的"干货"却反响平平。

他不禁有些失望，"用户来这里不是抱着学习的态度，而是娱乐的态度"。

在一次自媒体写作课上，他忍不住向朋友诉苦，得到的建议是："写干货，来知乎。"他试着把内容发布上去，就像伯牙遇到钟子期，"反馈真的不错！""你有什么相见恨晚的英语学习方法？"

翘囤奶爸有一种感觉，他找到了斜杠青年生涯中最为契合的平台。

紧接着，女儿出生了。他沉浸在巨大的喜悦中，除了更新英语内容，还顺手把新晋奶爸的幸福、慌乱、吐槽全写进了知乎。让他意外的是，这些育儿相关的经历引发了强烈的共鸣，受欢迎程度甚至超过了英语内容。

一个写作方向自然地生长出来。翘囤奶爸惊喜地发现，他的自媒体之路和养娃事业，第一次有了交会点。

写作风格"画风突变"

知乎上有一个问题："成为一名父亲，是种什么样的体验？"翘囤奶爸的答案是："啪啪打脸。"

"生娃前最受不了听孩子的事，小到孩子的鞋该怎么选，一天看多少分钟投影合适，大到怎么陪伴和给予关注，"他举例说，"生娃后我恨不得跟所有有娃的人探讨一遍：孩子大便不成形要不要紧？要不要紧？要不要紧啊？！"

创作内容从英语转向育儿，这是翘囤奶爸自媒体事业的转折点。相应地，他的写作风格也跟着"画风突变"。

工作中，他习惯穿衬衫和皮鞋，写东西讲究逻辑，"特别正，像《新闻联播》。而写育儿内容则像切换到了幼儿节目，"彻底放飞自我"。

他曾经写过一篇"咆哮体"回答，每一句话都以"啊"和感叹号结尾。虽然槽点满满，但每个读过的人都能看出来，这个老父亲其实乐在其中。

生娃前听到别人抱怨孩子"淘气""费劲""没有自己时间"，他总是暗自幸庆自己"还是轻松自由的灵魂"，生娃后却发现，"原来他们抱怨的内核是甜蜜和甘之如饴"。

在所有的吐槽中，孩子频繁夜醒是最让他崩溃的问题。他在知乎上寻找缓解办法，发现最有用的就是抱着孩子做深蹲。深蹲可以哄睡，也可以翘臀，他的昵称"翘囤奶爸"就是来源于此。

因为吃东西时总要抓一块方巾放在胸前，他给女儿起了个优雅的昵称——叶女士。叶女士的到来，让他彻底沦陷，成为名副其实的"女儿奴"。手机壳被叶女士贴满贴纸，"粉嫩可爱"，他照用不误。家里的墙被叶女士打扮得五彩斑斓，"但谁都别动！我娃贴的，连页码都是美的！"

一次，翘囤奶爸有些感冒，吃一种大颗的黑色药丸缓解症状。叶女士见状，突然很认真地说："爸爸吃的药好像我拉的臭臭啊！"一家人哄堂大笑，翘囤奶爸却想，"想想好的方面，孩子学会了比喻句"。

实际上，他的转变一度让妻子惊讶。没有孩子前，他一直以钢铁硬汉的形象示人，生活中的鸡毛蒜皮完全不放在眼里，而现在，叶女士的一举一动他都挂在心头不敢怠慢。

"说实话，我更喜欢现在的自己。"翘囤奶爸很享受女儿带给自己的种种变化，那些陪孩子一起读绘本、玩游戏的时光让他"变得更温柔、更细腻、更会尊重每一个生命"。

从育儿旁观者，变成育儿主力军

随着心态一起变化的，还有作息时间。

凌晨 4 点半，趁着家人都在熟睡，翘囤奶爸打开电脑开始码字。中午在食堂简单吃过饭，他和妻子约好去单位附近的茶馆，商量脚本、拍视频。每个周末，他也会抽出一天时间，去咖啡馆找选题、写文章。

自从叶女士出生，他发现自己被迫成了"时间管理大师"，"生活就在每天应对各种 deadline（截止时间）和叶女士的笑脸中快速滑过"。

"午休的空当、孩子入睡的夜晚、出差的路上、酒店里，我都在码字。"在不影响工作和带娃的情况下，他硬是把自己写成了知乎的影响力创作者，3 年时间里写了近 600 条回答、100 余篇文章，受邀参加线下盐沙龙，跟众多优质创作者分享经验。

但也有一团糟的时候。

一次，翘囤奶爸计划下班后回家写文章，结果被领导临时叫住，加班到 10 点。到家后，一边是哇哇大哭的孩子，一边是爱人的不理解，一边是自己未完成的计划，"情绪瞬间就崩溃了"。

后来，他悟出一个道理，"时间管理的本质是注意力管理、情绪管理"，而时间管理的目的，则是挤出更多时间陪伴孩子。

翘囤奶爸和女儿叶女士

实际上，翘囤奶爸用惊人的责任感和自律精神对抗的，是一个世界性现象——由于种种原因，父亲往往缺席孩子的成长。意大利心理学家鲁格·肇嘉说："父亲的缺失是家庭的不幸，是妻子的忧愁，是孩子的悲伤，也是社会的抑郁。"

根据翘囤奶爸的经验，孩子出生后的一年内，是家庭矛盾爆发的一个顶点，是夫妻关系最容易破裂的一个冰点。"最根本的原因，是父亲和丈夫角色的缺位。"

他在知乎分享育儿知识的初衷之一，就是为了证明奶爸不仅在场，而且可以做得很好。他有种强烈的感受，"这 10 年来，爸爸从育儿的旁观者，变成了育儿的主力军，奶爸作为一股不可忽视的育儿力量正在崛起"。

成为"翘囤奶爸"，除了自律和才华，还要冲破文化和心理上的障碍。"我其实已经做好了被人误解和嘲笑的准备，"他坦言，"毕竟在老一辈心里，男人带娃不仅笨手笨脚，更是没前途和怕媳妇儿的代表。"

然而真正成为一名奶爸后，他发现周围嘲笑的声音很小，更多的是支持和赞同。育儿课上，老师会鼓励他一同听课，还会强调爸爸们的优势：比如胀气后的飞机抱，力气比较大的男性更有优势。

很多对亲子家庭非常友好的商场、餐厅、游乐园，也已经贴心地设置了父亲可以进入的母婴室，方便爸爸们给孩子换纸尿裤，帮孩子如厕。

工业革命以后，男性作为家庭经济唯一支柱的地位被打破，越来越多的女性开始进入职场。如今，双职工已经成为家庭经济生活的常态，养育孩子同样需要两个人共同投入。

　　让翘囤奶爸高兴的是，这样的观念已经在这一代年轻人中深入人心。前段时间，他朋友的孩子出生，几个男人经常在群里聊一聊"爸爸经"，仿佛有说不完的话题。

　　"三下拍出一个奶嗝，牛吧。"聊到拍嗝，那位刚加入奶爸大军的朋友忍不住炫耀。

育儿就像价值投资

　　事实上，除了拍嗝、喂奶、换尿布这些琐碎的细节，父亲在儿童教育上也发挥着不可替代的作用。

　　作为一个翻译专业的硕士，英语改变了翘囤奶爸的人生轨迹。当爸爸后，他把英语和育儿相结合，梳理出了自己的儿童英语启蒙理念。

　　绘本是英语启蒙的重要工具。之前家长圈里流行的做法是读原版绘本。但翘囤奶爸尝试后发现，原版绘本用词相对复杂，对于没有英文环境的中国宝宝来说难度较大，容易挫伤孩子的学习兴趣。

　　他开始思考儿童学习中文的过程。"一开始是建立语言到语义的对应关系，比如提到苹果，孩子知道对应的是什么东西。"从这个思路出发，他为叶女士精心挑选了英语分级读物，从单词开始学起，一点点增加难度。

　　翘囤奶爸把这个理念叫作"分级先行，绘本后置"。经过实践，叶女士 14 个月时已经开始"往外迸单词"，越来越喜欢读英文绘本。同时，"她小人家"的中文也没有被耽误，1 岁 10 个月时可以背诵整篇《将进酒》。

翘囤奶爸把自己的思考发到知乎上，赢得了众多赞同和共鸣，有知友评论，之前也有类似的困惑，但不知道怎么解决，"你给我们蹚出了一条路"。

为了给叶女士找到优质的分级读物，他自费购买了上万元的英文绘本，家里的书柜、地板上堆满了书。他把筛选的分级读物分享出来，附上购买链接，一篇文章就为这套书带来了十几万的销量。

当爸爸后，他读了很多儿童教育和心理学的经典，从安斯沃斯到皮亚杰，为养娃提供"更深层次的理论支撑"。此外，他很喜欢读价值投资的书，叶女士出生后就为她在 A 股开通了成长账户。

"在看我来，光明正大地赚钱是一种能力，应该去学习，但我们的教育里却缺失了这些内容。"等叶女士再大一些，他计划陪她一起研究年报、挑选个股，从压岁钱投资开始，感受价值投资、长期主义和复利的奇妙。

作为一个父亲，翘囤奶爸也希望女儿明白，个人成长就像投资，中间有起起伏伏，并不是线性的，但长期坚持一件正确的事，最终会带来惊人的收获。

周末，翘囤奶爸带女儿
到河边钓鱼

父爱不再沉默

无论是写英语启蒙、投资还是育儿日常，翘囤奶爸的文章有一个共同点：不管是多么严肃的选题，他总是毫不掩饰地表达对女儿的爱。

"我可以对孩子每天说一遍'我爱你啊宝宝'，也可以没有顾忌地和孩子举高高、开飞机。"在知乎写母婴内容的过程，也是他对父亲身份的思考不断加深的过程。他觉得，在年轻一代的爸爸身上，父亲这个角色被赋予了和过去不一样的色彩。

"过去的父亲总是严厉、深沉、稳重、伟大……"他拿自己的父亲举例，"我爸不是喜欢对孩子表达的人，情呀爱啊的都说不出口；我也是个比较内敛的儿子，从来不会拉着我爸说有的没的那些话。"

很长时间里，他只能从生活的蛛丝马迹里寻找父爱的踪影。而现在，随着社会的发展和育儿氛围的变化，刻板的中国父亲形象正在一点点被消解。

"父爱少了一些沉重，变得更加松弛、更加多样了，这一点我深表开心。"翘囤奶爸把很多让他父爱爆棚的瞬间记录在知乎里：当叶女士第一次含混不清地喊他"爸爸"时，当叶女士跌跌撞撞奔向他时，当叶女士号啕大哭还不忘偷偷瞄他两眼时……每当这些时刻，他总是毫无保留地表达一个父亲的欣喜和爱。

"都说父爱如山，我不愿成为一座沉默的山，只能在孩子的心中留下一个高大清冷的背影。"翘囤奶爸说，"我愿成为山上的小溪，叮咚叮咚，流进孩子心里，滋润她一生。"

「 我们的太空 」

谢邀，
人在太空，
刚下飞船
—

虽然入驻知乎不到两年，但"我们的太空"已经拥有 187 万关注者，累计获得 27 万次赞同，成为科普国家队中当之无愧的"第一号"。它学术渊博、信仰坚定、情感真挚、能量充沛，在主动融入知乎的过程中，创出一系列令人印象深刻的"名场面"。它以工程化的方式研究、运营知乎，不仅发出权威的声音，拉近与网友的距离，还进一步净化了太空科普的舆论环境。我们充满好奇，走近这个典型样本，试图解开它玩转知乎的密码。

太空不再高冷，知乎走近你我

遵循"青年群体在哪里，思想阵地就延伸到哪里"的指导思想，作为太空科普的国家队，"我们的太空"从 2018 年 4 月开始，先后在 20 多个互联网内容平台开设账号。最早是微信、微博，后来是抖音、快手。直到 2019 年 9 月，才姗姗来迟入驻知乎。

令人震惊的是，虽然在知乎运营刚满 3 年，但它就在一众机构号之中，实现迅速反超，成为科普国家队的"第一号"。

后来居上的秘诀是什么？我们带着好奇，采访了我国载人航天工程航天员系统副总指挥、"我们的太空"知乎平台运营负责人尹锐。他说：知乎是一个推崇知识探寻和理性思考的平台，用户具有高学历、年轻化的特点，充满求知欲和好奇心。太空科普与知乎平台气质相符，志趣相投。

在航天科普方面，知乎和"我们的太空"的确有着相当高的契合度。"我们的太空"在知乎这样介绍自己——"太空不再高冷，知乎走近你我"。自入驻后，双方紧密携手，合作不断深入，从"战略合作伙伴"一路升级为"中国科普兄弟"。

精神理念上，双方都推崇开放包容、国际视野、科学精神。知乎的年轻用户喜欢、推崇的不是流量明星，而是航天员、科学家、专家学者等高知群体，因此对航天科普具有天然的偏好与喜爱。在传播方式上，"我们的太空"用全新的思路和方式，让航天知识退去神秘感，变得不再高冷，并充满趣味。这种放弃说教、主动拥抱的姿态，收获了知乎用户的青睐。

四要四量、三要素、四剑客，以工程化的方式研究知乎

虽然如今已是知乎的绝对"顶流"，但起步的时刻却是非常艰难的。

尽管已经做好了充分的思想准备，明确了"受众喜爱什么，就创作什么；受众心里想到哪儿，工作就做到哪儿"的原则，但知乎用户究竟喜欢什么，运营上该如何结合平台特色，发挥自身优势，"我们的太空"最初并没有明确答案。

"一入知乎门，拔剑四顾心茫然。"文学功底深厚的尹锐，如此形容刚到知乎时的感受。

第一步要做的，就是学习，向知乎的规则和生态学习。尹锐说，虽然本就是知乎用户，但从未以专业创作者的视角研究过。既然决定做好知乎，就必须彻底搞清楚各个方面——推荐流是如何分发的，热榜的上榜逻辑是什么，怎样才能提高盐值分数……

既然选择了太空，便只顾风雨兼程。这位"70后"航天总师，带着一群科技人员，开始用工程化的方式，下功夫研究知乎运营。不久后，他们悟出了一套"四要四量"的指导手册——文章要发，问答要理，想法要有，视频要新；提升阅读量，保住曝光量，盯住增长量，关注点赞量。在具体操作层面，也总结出关键三要素——快、新、实。

想获得网友关注和重视，关键是要快。快包括报道快、反应快、跟进快。

想要在内容上占领高地，关键是要新。要持续捕捉新闻热

点，产生新视角、新观点、新表达，还要介绍不为人知的科技新动态、新发展。

想要在情感上赢得亲近，关键是实。要有理性、有感情、有信仰。要不排斥他国的技术进步，不回避我们的技术落后。重要事件要及时发声，突发事件要不消声。即使偶然出现了火箭发射失利，也要客观分析、诚实对待，同时引导积极乐观的情绪，因为"挫折是起跳前的下蹲，失败是成功的一部分"。

在机制设计上，知乎"我们的太空"采用一人负责、多专家合作的模式，确保决策更迅速，内容更鲜活；"我们的太空"新媒体中心，也发挥着中央厨房的作用，为各平台的账号运营提供内容支持。

在人员安排上，尹锐作为牵头人，与北京跟踪与通信技术研究所研究员李海涛、北京空间信息传输中心高级工程师郭浩然、北斗地面试验验证系统副总师卢鋆，形成核心团队"知乎四剑客"，同时积聚本系统 98 位专家的力量，结合各自领域重大任务进展，及时传递讯息、答疑解惑、澄清事实。

谢邀，人在太空，刚下飞船

机制理顺、人员到位、摸清门道之后，"我们的太空"在知乎运营得越发顺畅。日常动作之外，开始尝试一些重点项目。

2020 年 4 月 24 日，是第五个中国航天日，也是我国首颗人造卫星"东方红一号"成功发射的 50 周年纪念日。知乎运营团队和"我们的太空"，联手打造了一个"名场面"。

在双方的共同策划和邀请下，中国航天员王亚平走进知乎，首次实名与网友互动。神秘的航天员亲自下场交流，迅速引发了知友的高度关注。

"谢邀，人在太空，刚下飞船。"王亚平一出场，就用了知友熟悉的幽默表达。她补充说，目前正在紧张备战空间站任务。"人在太空，刚下飞船"虽是调侃，倒也有很多真实成分。

"谢邀""人在……刚下……"，是极具辨识度的知乎梗。"谢邀"指向的是知乎独有的问答邀请机制，表示"感谢邀请，前来作答"。曾经的"人在美国，刚下飞机"被网友越玩越大，有了许多再次创作。上海高院常用"人在法院，刚下法庭"，环球时报说"人在三环，报道全球"。王亚平巧妙运用知乎热梗，显示出对平台文化的了解和认同，瞬间放低了姿态，有效拉近了与知友的距离，收获无数好评。

知友"山木"评论说，这一开口就知道是老知友了。"井星懿"留言：这是我在知乎见过最有牌面的开场词。"陈什么文"说：人在太空，刚下飞船，最顶的谢邀！

随后，王亚平还在知乎发出首个提问：4月24日是"东方红一号"卫星发射50周年纪念日，一说起"东方红"，你们会想到什么呢？提问甫一发出，就触发了强烈的共情效应，带动了关于中国航天、民族复兴的真诚交流。知友回忆往昔，讲述期盼，抒发爱国情怀。一些名称中带有"东方红"字样的企事业单位，也踊跃参与其中。

"东方红一号"卫星还在天上吗？2020年，中国航天会有哪些值得关注的发射任务？中国航天历史中，有哪些人和事值得我们铭记？未来 10 年，中国航天将会有哪些值得期待的大事件？这场大讨论中，很多提问和回答让人印象深刻，持续点燃了共筑中国梦、航天梦的巨大热情。

有种热爱叫作痴，有种坚持叫作熬

"我们的太空"敏锐精心选题，专业系统解读，及时良性互动，呈现国际视野，在宣传正能量、科普真知识、打开新视野、解读新观点等方面取得了良好效果。

入驻知乎以来，"我们的太空"平均每天发 1.5 条想法、3 篇文章、1.7 条视频……其中多个高赞内容，不仅篇幅巨大，还字斟句酌，严谨准确。内容里，不仅有历史回眸感，还有科技内核知识，同时还有对未来的展望。持续、密集和高质量的创作，让人震惊。

"不苦不累，人生无味。"尹锐笑着说。选择知乎，不是因为知乎容易，而是因为知乎更难。和其他平台相比，这里的用户更在意硬核知识，更看重内容质量，更欢迎持续创作，这就意味着，运维者需要付出更多努力。

作为中国航天员科研训练中心正高级工程师，尹锐的主攻方向是舱外航天服研制。为了航天科普，每天他都要"见缝插针"，利用空闲时间，和群里的数十位航天专家共同商讨策划选题。贡献了众多精彩内容的"四剑客"，本身也都有重要公务在身，只

尹锐在央视

能在业余休闲时间，再投入精力到知乎的创作和运维上来。

　　为了兼顾主业和知乎运营，尹锐每天 0 点睡觉，5 点 30 分起床，工作强度极大。"年龄大了，本来睡眠时间就少"，他调侃说，只要时刻记得太空科普的重要性，就不会觉得辛苦了。

　　在知乎运营交流会上，尹锐做过一次非常动情的演讲，让在场的同行深受感动。他说，有一种热爱，比热爱更热爱，叫"痴"。激情澎湃的知乎，痴于事业，痴于情怀，痴于科普。有一种坚持，比坚持还坚持，叫"熬"。三更灯火五更鸡，当你没什么可以熬的时候，还有夜可以熬。

科普的终极目的，是给人幸福感和温暖感

2020 年 2 月 29 日，新冠肺炎疫情最严重的时候，"我们的太空"发布了一条仅有 11 秒的视频。内容非常简单，在空荡的北京街头，一个身着类似宇航服的防疫服装的市民，拉着买菜小车缓缓走过。配上俏皮、放松的音乐，这条视频获得 185 万次播放、1300 个"赞同"。

视频名叫《我爱大北京，抗"疫"小幽默》，既没有高深专业的知识，也没有精致的剪辑，但结合当时全国抗疫的紧张、压抑情绪，它火了。

谈及创作这条视频的思路，尹锐说：长河无声奔去，唯有爱和信仰永存。科普的终极目的，是给人幸福感和温暖感。

如果你仔细品读"我们的太空"发布的图文、视频内容，一定会被其充沛的情感和能量所打动。

"我国北斗全球系统最后一颗组网卫星发射成功，意味着什么？北斗导航系统有多强？""我们的太空"回答：伟大的事业需要伟大的梦想，伟大的事业需要伟大的人民，伟大的事业需要伟大的精神。

"中国首个空间站天和核心舱（2021 年）4 月 29 日发射成功，对中国航天有哪些重要意义？""我们的太空"开篇就说，五星红旗在璀璨星河熠熠生辉，人类探索太空的新起点！

"听完国家主席习近平发表的 2021 年新年贺词，你有怎样的感触？对于自己的 2021 年有什么期待？""我们的太空"说，我们的征途是星辰大海！筑梦航天的新征途，我们将继续直挂云

帆，乘风破浪，乘势而上！2021 年的太空，我们来啦！

　　航天领域不仅是高精尖技术密集应用的科研高地，也是无数年轻人心中的精神高地。"我们的太空"发布的内容，既有对航天技术的专业科普，也有对航天精神和英雄人物的深情解读，让人在"长见识"的同时，油然产生一种自豪感和爱国情怀。

　　在 2021 年 3 月"中国科普兄弟"颁授仪式上，知乎 CEO 周源说，希望知乎和"我们的太空"共同努力，用普及科学的方式引领民族自信，承担起这个大国崛起、文化自信的时代赋予我们的重任，让航天知识和航天精神水乳交融，让航天梦滋养年轻一代的心灵，让知识科普为民族自信注入航天基因。

04
—

寻找意义：

既度己，也救人

当你凝视深渊时，深渊也在凝视你。与黑暗共处，是我们难以逃避的命题；如何突围，是我们一直找寻的答案。

也许你曾孤独地在黑暗中奔跑，没有尽头；也许你曾在大爱大义中守望，看不到自我；也许你曾任性地为所爱孤注一掷，满盘皆输；也许你曾被彻底否定，失去人生方向。

但，总有一束光可以照亮你的至暗时刻。它可能是一种价值的认同，一种兴趣的探索，一条赛道的突破。这束光，让你我获得救赎，拥有对抗黑暗的智慧与力量。

「 李雷 」

心灵突围

一

"你退学吧！"导师将实验数据狠狠摔在桌子上，低声怒吼。

时隔 6 年，李雷仍记得这个场面。那是读博第三年，一次研究上的失误将他卷入巨大的旋涡。切断生活补贴、不允许使用实验设备、无休止的批评，差点让他断送科研前程。

那次打击犹如晴天霹雳，将李雷的人生劈成两半。以前他是个话痨，所到之处从不会出现冷场，变故发生后，他变得越来越内向，找不到可以倾诉的人，"甚至想到过跳楼自杀"。

当现实的城门关闭时，这个年轻人决定，从虚拟空间突出重围。

困在黑暗中

最初，这是一个让李雷兴奋的实验。

在中科院读博期间，李雷主攻生物学。2015 年，在一次实验中，他意外发现一个具有很大潜在价值的遗传突变位点，与其他位点存在显著差异。如果结果属实，这将是一项具有颠覆意义的重大发现。

他迫不及待地将这一发现报告给导师。导师听了也很激动，认为这将是一个重量级成果，对后续研究寄予厚望。师徒二人摩拳擦掌，渴望取得新的突破。

然而，经过反复验证，李雷沮丧地发现，这个位点实际是一个计算上的低级错误。"你是怎么搞的？！"导师听说后，期待和兴奋立刻转化成愤怒，当着实验室所有人的面骂他，"这点事都做不好，干脆退学吧！"

这样的结果让李雷始料未及。20 年求学路，父母希望他"当科学家"的目标近在眼前，却突然遭遇当头棒喝，"有一种人生被颠覆的感觉"。

读博士前，李雷的人生可以说顺风顺水。他从小成绩优异，自嘲是"小镇做题家"，一路从偏远的农村考到中科院。他的网名李雷，取自 20 世纪 90 年代人教版英语教材中的一个初中生，是品学兼优的好学生代表。

但现在，好学生被老师打入冷宫，"科研没法做了，唯一的收入也没了"。每个星期开组会时，他总是被骂的那一个，连上厕所都要绕着导师走。

对一个从农村走出来的孩子来说，没钱并不可怕。李雷从小家里穷，吃的最多的是馒头、稀饭、烩菜，衣服也总是买大一号的，"这样能多穿几年"。没有生活补贴后，李雷吃饭经常是米饭就咸菜，"偶尔奢侈一把吃泡面"。

不能用实验设备也不可怕。他将研究方向转向癌症等公共数据较多的领域，从网络上寻找公开的数据库，用多年积累的知识和经验做研究。

最可怕的是精神上的孤独。家人是万万不能说的，身边的同学朋友都有自己的事情忙。李雷孤立无援，不再主动和人交流，也很少走出校园。

"如果没有父母，我就走了。"最崩溃的时候，他经常失眠，在黑夜中辗转反侧，找不到自己的价值，也找不到任何出口。

唯一的光

迷茫中，李雷忽然想起了知乎。那段时间，在网上写科普文章成了他生活中唯一的光。对他来说，这既是转移注意力的手段，也是消解苦闷、寻求外界认同的方法。

最开始，李雷只回答生物领域的问题，向人们解释指鹿为马的赵高为什么一定认识鹿，为什么说21世纪是生物学的世纪。由于关注者寥寥，他严谨得像论文般的回答最初并没有激起多少波澜。

但他没有放弃。随着文章越写越多，关注和赞同像雨点般出现在通知列表里。手机叮叮作响，打破了沉闷的生活。他和网友在评论区一来一回地对话，感到一种"如鱼得水般的自由"。

现实生活中，导师的批评还在继续。随时可能出现的冷言冷语，让李雷觉得"做什么都会被骂"，自信心逐渐崩塌。开会时，他坐在角落里，大脑一片空白，麻木地低着头，沉默不语。

但在网络上，他开始期待互动，有时候半夜都要看看有没有新的留言。

在最初的关注者中，李雷发现一个叫钟文的骨科医生。他几乎每次发文，都能收到这个医学领域知名答主的"赞同"。在私信中，钟文毫不吝啬地称赞李雷内容的专业性，愿意把他的文章介绍给更多人。

"我一共发了1600多条回答，他给我点了1100多个'赞同'。"这让李雷大受鼓舞，"他是我的伯乐。"

在知乎小有名气后，许多人开始向他咨询个人问题。一对三代以上的近亲情侣焦急地询问能否结婚，他从生物学层面和政策层面条分缕析，最后给出了肯定的答复。如今，这对情侣如愿结为夫妻，还有了一个可爱的宝宝。

和咨询次数一同增多的还有回答问题的数量，从一个月一条到几天一条，再到一天两三条。他还把研究过程中的一些知识和心得做成了讲座，热情地回答知友提出的各种疑问。

李雷觉得，自己的生活重新燃起了希望。对这个被逼进角落的博士来说，来自虚拟空间的认同像一根根救命稻草，帮助他重新找到了人生价值。

既度己，也助人

李雷的自我救赎之路，也是一条惠及大众的科普之路。

事实上，从 2015 年持续在知乎创作开始，他就拥有了两种不同的身份：科研工作者和科普创作者。

不同于一脸严肃的专家，李雷的科普文章既接地气，又充满趣味。一个同为博士的知友评价，这是一个看了三四篇回答就想关注的答主。

苦闷的现实生活掩盖了他有趣的一面，于是他把幽默全用在了写作上。他的签名是"生物专治各种不服（包括我）"。

在问题"你知道的最冷的冷知识是什么"下，他的答案是"玉米的横截面颗粒数是偶数"。除了硬核科普，他还会卖萌："为此我专门买了两斤玉米去数了下，的确是偶数。然后我傻乎乎地一次性煮了，吃了三天……"

回答"剧毒生物的天敌吃了这些剧毒生物为什么不会中毒死亡"时，他用老鹰捕捉毒蛇时会重点破坏蛇的毒腺举例，说明动物会主动避开猎物的毒素。"那么，如果鹰被毒蛇伤害了呢？那就死呗。技不如人，物竞天择。"

那些脑洞大开的问题，对他来说是最好的消遣。

"大禹治水的那场洪水，和《圣经》及其他传说中的大洪水有什么关系吗？"在这个问题下，李雷引用顶级期刊《科学》（Science）上的一篇文章加以论证：没有，因为形成原因和地理位置都不一样。全文将近 1.5 万字，获得 2.5 万赞同，成为他最著名的回答之一。

"如果你有自愈能力，砍下脑袋后又新长了一个脑袋，那么请问你还是你吗？"他从肉体理论和信息理论出发，认为只要仍然具有原来的意识，"你，就还是你"。

有时，他要和人们脑中根深蒂固的偏见做斗争。比如，有传言认为旅鼠为了保证物种延续、控制种群大小，会有组织地集群跳海。李雷则搬出证据，指出旅鼠会游泳，所谓的跳海只是在迁徙途中跨过水域。

这种重塑认知的科普，让他充满成就感。

李雷也经常关注与生物学相关的热点新闻。吉林长生生物公司狂犬疫苗记录造假的新闻曝光后，他在知乎发文，认为这一事件的风险比预期还要高，远超过三鹿事件，呼吁公众高度重视。

当屠呦呦团队"青蒿素抗药性"研究取得新突破时，他从生物领域详细解读了这一研究的重大意义，盛赞屠先生"老骥伏枥，志在千里"。

2020 年，李雷回答了问题"如何评价钟南山称'疫情首先出现在中国，不一定发源在中国'"，通过数据和分析认为病毒宿主很大可能是非中国拥有的马来穿山甲，引发了热烈讨论。这也是他迄今为止获赞同数最高的回答。

在知友们眼中，李雷的回答具有鲜明的特点：图文并茂、旁征博引、数据翔实，数千字的内容后跟着长长的引用文献。这既源自多年的科研训练，也来自他内心的信念。

"很多时候，公众和专业人士之间存在着信息鸿沟。"他坚信科普的意义，"我们要做的就是在鸿沟上架起桥梁。"

失之东隅，收之桑榆

这道沟通的桥梁，也帮助李雷走出了人生困境。

在网络上，他用专业知识帮助了很多人，也结识了不少志同道合的朋友，整个人开朗了很多。

那些得到帮助的人热情地邀请他见面，都被一一婉拒了。经历那次挫折后，李雷感觉自己被抽干了力气，害怕和陌生人接触。如今，他更倾向于把互联网和现实生活隔离开来，"算是一种自我保护机制"。

值得欣慰的是，他再也没有过轻生的念头。李雷觉得，那些网络上默默关注的目光，将他一步步从悬崖边拉了回来。

因为研究的主方向被阻塞，李雷开始转向对实验条件依赖程度较低的生物信息学领域，从公开的生物医学数据库中获取数据，最后这些研究都写进了博士毕业论文，丰富了研究维度。

从 2012 年到 2018 年，李雷的博士读了 6 年。到了最后毕业的期限，导师终于允许他的毕业论文提交盲审，成功通过。

更重要的是，那段孤独的日子激发了他的表达欲和持续输出的习惯。6 年的笔耕不辍，让他从一个普通用户成为拥有 70 多万关注者的知名答主，也给他带来丰厚的回报，让他成为知乎收益最多的答主之一。

"失之东隅，收之桑榆。"苦难的旅途告一段落，他这样总结那几年的光阴。

"知乎救过我的命。"李雷觉得，知乎是最初打入黑暗中的那道光，让他在最迷茫无助的时刻重新找到了价值，"从这点上讲，知乎对我的价值可能比做科研对我的价值还要大。"

　　而那上千条内容和数十万关注者则是他从逆境中获得的财富。"凡尔赛一点，70多万对我来说就是一个数字。"提起知名答主的身份，李雷忍不住开玩笑，但他也承认，看着这个数字噌噌往上涨，有一种"强烈的精神满足感"。

　　度过最黑暗的时光后，李雷开始试着与过往和解。每年教师节，他都会给导师发去祝福短信，送上一束鲜花，"我内心里还是很感谢他的"。

　　如今，34岁的李雷供职于一家科研单位，日子过得平静而充实。尽管那一段风波已经过去，但影响持续至今，他的情绪容易随着科研进展而波动。

　　2020年11月，因为一项器官移植的排异研究陷入瓶颈，生活也没有太多惊喜，他再次体会到一种无力感，在知乎上提问："人生的意义在哪里？"

　　短短几个小时，几百个知友在问题下留言，分享他们克服虚无感的经验和思考。

　　"当你发现你的经历和感受不是唯一的时候，你就不会那么孤单。"李雷被这些知友的热心打动了，这一次，他没有被裹挟进这个小小的旋涡，而是扬起风帆，驶向远方。

　　那天，他做了两个决定：第一，努力做科研，对这个世界有所贡献；第二，出去旅行，让自己去见识更大的世界。

「 ZCloud 」

漫画
"赌"途

一

"不要再赌了！好好做工啊！"大街上，一位佝偻着身躯的老奶奶，用尽全身力气，试图拉住冲向赌坊的老爷爷。头发不剩几根、牙齿也几乎掉光的老爷爷，紧紧攥着家里最后的几张零钱，一把甩开老奶奶的手，大声喊着："放开我！再赌两把！这次一定发！"

如今，一位年轻的妻子以同样的方式，极力劝告沉迷于漫画的丈夫："不要再画漫画了！好好上班吧！"胡子拉碴、手握画笔的丈夫头也不回地直视前方："放开我！再开两个新连载！这次一定火！"

这两个故事出自漫画家 ZCloud 的随笔。备注中指明上述情节纯属虚构，但 10 年来他走过的路表明：他的确是一个漫画"赌徒"。

成　名

"如果我注定是一个'一作漫画家',那很有可能就是这一作了。"

10年前,ZCloud凭着《拜见女皇陛下》成为当红漫画家。

这部作品取材于他的童年生活和成长记忆。他本名张南方,1985年出生于河南焦作,父母都是国企员工。他从小在托儿所长大,这深刻地影响了他的漫画创作。

《拜见女皇陛下》讲的是20世纪末一座工业城市的故事,漫画中的城市叫炭州,是以焦作为原型虚构出来的,环境氛围上也接近于当时的东北老工业区。ZCloud在漫画中呈现的这种感觉,日后在一部讲述东北工业城市的电影《钢的琴》中找到了共鸣。他很喜欢这部电影,"东北老工业区的那种感觉跟我小时候的感觉很像"。

漫画的主角是一群小学生,女皇是女主角小华班长。这个故事设定源于当时兴起的"80后"怀旧风,他曾和研究生室友讨论起红领巾和值周袖章的元素,觉得可以做出很"萌"的效果。但具体怎么呈现呢?这时,他看到了《海角七号》这部电影。"那个叫大大的女孩子亲吻一个失恋大叔的额头的镜头,一下子就像一颗流星砸进了我的还没有脱发的脑袋。"于是,"一个小学女班长的形象一下子跳了出来"。

《拜见女皇陛下》是二次元文化中萝莉、正太的形象与中国本土现实的结合,所以很多有相似成长经历的读者产生了共鸣:

　　作为一名大龄读者，对某些描绘当代中国的剧情很有感触，我们的童年都经历过。

　　感觉从细腻之处演绎"80 后"的共同记忆，是只有 Z 大才有的国产漫画师的特质。这些东西是日漫没有的，也是能引起我们在中国长大的这代人共鸣的地方。热血和感动都不是挤出来的，而应该是从记忆里唤起的。

　　这样一部 10 年前的漫画作品至今仍未被遗忘，很多网友在期待动画版作品的出现。

All-in

正是《拜见女皇陛下》的成功让 ZCloud 坚定了这一生就是要画漫画。当年画出第一个剧情上的小高潮时，评论区的读者都在"暴风哭泣"，"我画哭了的东西他们也哭了，可以了，到位了，我觉得我能吃这碗饭"。

但他并非科班出身，成为漫画家是他努力奋斗的结果。他原本学的是水利机械，为漫画放弃了保研，跨考了北京电影学院的动画专业。那时他对绘画专业一无所知，考了两年才考上。不过时运似乎也青睐于他。那两年北京电影学院的动画研究生不考美术基础，考分镜和影视评论。他画过不少分镜，也看了很多电影，所以这两门专业课都不成问题。就这样，非美术专业的他成功跨考。

毕业时，摆在他面前的有两条路：动画和漫画。他更喜欢漫画，因为漫画"可以把内心的故事快速表达出来"，于是，他开始全职画漫画。

这条路他走得并不顺利。10 年前，刚毕业的他画一页漫画只能赚 80 元。那时他画得少，一个月只能收入 1000 多元。最窘迫的时候，他曾向做动画的室友借过 600 元。后来，产量慢慢提了上去，加上稿费也略微上涨，每个月可以画 40 多页，一个月可以挣五六千元。日子终于好过了一些。

ZCloud 是幸运的，他经历过中国网络漫画的高峰——刚出道就签约了当时中国最大的原创漫画网站"有妖气"，连载代表作《拜见女皇陛下》，总点击量达 11.84 亿。2015 年，中国动漫行业

吸引了大批资本。对 ZCloud 来说，这带来的是收入的大幅提升，每页漫画的价格涨到了 300 元左右。当时其他顶级的漫画作品甚至可以达到 1000 元每页。

漫画成了一碗炙手可热的饭。

亏 空

但 ZCloud 也是不幸的，他也见证了整个动漫行业的低谷——

到了 2018 年，市场逐渐饱和，行业的热度也降了下来，随着资本撤出，许多漫画工作室在一夜之间倒闭，在线漫画平台也开始合并或消失。"哔哩哔哩"收购了"网易漫画"，ZCloud 的另一部代表作《我在站台等你》因此被"腰斩"，连载就此中断。

在这部作品中，他讲述了一个铁路旁少男少女的故事。中学生男主角因母亲工作调动，从一线城市搬到了农村的爷爷家，开始了新生活。

作品前期反响不错，读者虽少但评论区气氛融洽。不过随着时间的推移，读者也慢慢变多，气氛就开始产生了变化。有些章节一发布就受到了读者的种种质疑，网友吐槽女主角的行为有些"绿茶"，攻击男主角的人设太傻、太弱，甚至连男主角经常摸后脑勺这个小动作都被诟病。

面对这些评论，ZCloud 的心态渐渐崩塌，甚至不知道该怎么继续画。在之后的连载中，他向一些刺眼的意见妥协了，根据读者的反馈修改了主人公的人设。但这不仅没有止住恶评，反而招致了更多的批判。

他彻底崩溃了。到底该怎么办？"潜意识里怕出错。越怕出错，越绷得紧……最后谬以千里。"

没过多久，这部连载作品还是由于流量数据不理想被"砍掉"了。

在电话中听到这个消息时，他的第一感受不是难过，而是"松了一口气""如释重负"。但随后他就陷入了无尽的痛苦之中。他不得不接受，这是一部"真正意义上的失败之作"。

他在知乎上进行了深刻的自我反思：为什么我怎么做都不行

呢？我真的适合走这条路吗？我的选择错了吗？他开始失眠，终日郁郁寡欢，甚至多次产生抑郁倾向，不想画漫画了，觉得人生也没有意义了。

他停滞在漫画事业和人生的最低点。"什么时候我能正视以及克服画这个作品时我所有的心理问题，什么时候我才能再次学会画漫画？"

可网友的批评并未停止，甚至令他无处躲藏。一位网友一直从作品页追到了 ZCloud 在知乎上的回答，严厉指责他不该妥协做了修改，希望他找回初心。

ZCloud 没想到，除了他本人，竟然还有人对这部作品投入如此深的感情。但网友的"敲打"令他无法接受。他反问网友，"你现在这样说了，我要是跟着你变，那我是不是很奇怪？"这个矛盾的问题是无解的，众口难调，一部作品始终无法满足所有读者的喜好。

也许时间可以治愈一切伤痛。一年后，ZCloud 重新编辑了他在知乎上的那条回答。喝了点酒的他鼓起勇气再次面对这个解不开的心结。他删掉了所有的自我剖析和反省，改成了一句话："我 tm 太牛 × 了，我竟然能画出这种大部分人都画不出来的漫画。"

也是这时，他回想起那位专门跑到知乎与他对话的网友，意识到，"那哥们儿说的是对的"，不要轻易地迎合、屈服，回归初心最重要。"现在说感谢他倒也谈不上，但我还是觉得因为这么一个人、这么一个平台，因为我先剖析了自己，他才能对我说了那么多话。我要是不回答这个问题，他也不会就我说的自我反省，一条一条地骂我一顿。"

　　ZCloud 明白，这位网友是试着用真诚的心和他交流，希望他走出迷茫，只不过爱之深责之切而已。这种分不清是冒犯还是友好的交流也让他产生了一种非常奇妙的感觉，这是知乎上讲道理的方式带来的特殊体验，也成为他日后创作的灵感。

　　如今，他渐渐走出了作品被腰斩带来的阴影，正在告别过去那个不自信的自己。

　　《我在站台等你》虽然未得"善终"，但作品本身的现实风格还是受到了一些网友的肯定：

　　　　看站台的时候，看到火车都很有共鸣，因为我的家乡就是一个因火车而生的小城，我小时候就在柳铁机务段的院子里长大，每天和小伙伴从铁路支线旁路过，看运煤火车慢慢地走，小学门口就是一条运油的小铁路。现在这一切都不存在啦，只能在 Z 大的漫画中再慢慢挖掘出以前的记忆。

我父亲就是铁道兵，曾经参与了大秦铁路的建设，作品里对铁道兵的描绘与致敬，真的是太赞了，感谢 Z 大让更多的人了解铁道兵。

ZCloud 并未放弃这部作品，日后如果有机会，他还是会接着画完剩下的部分。

往回找

"漫画就是一种媒介，它看的是你这个人。" ZCloud 眼中的漫画是宽广的。他看到的不只是一部漫画作品、一种漫画风格，而是漫画的本质：一种用于表达的媒介。

有人用漫画讲述历史，有人用漫画追赶时事热点，有人用漫画建构自己的小世界。而 ZCloud 用漫画来表达自我，表现漫画本身的意义。他说，"漫画的内核就是更生动的图文表达""我们不要把漫画神圣化，也不要穷酸化。它就是很普通的一个东西，用它来表达就可以了"。

他最近创立了一个新词："clog"，全称是"comic blog"。他无意宣称谁是这个词的发明者，只关心如何呼吁广大漫画创作者通过这种形式去表达各自丰富的生活。

他的初衷是对于漫画的担忧。"去年一整年，由于短视频和游戏的冲击，中国漫画的影响力越来越低，漫画形式的影响力是在走低的。""我想着漫画其实不应该这么弱势，它可能确实在变现能力、经济上有点儿不行，但是论表现、独特风味，它肯定是不应该输于文字和视频的。"

平时许多漫画家也会画一些日常生活，但大家没有统一的名称，所以他就结合 vlog 的热度，用 clog 来代表漫画创作者的日常生活，并提倡其他漫画家参与，提升漫画的影响力。"只要我们漫画作者有一个统一的叫法，攒成一股劲儿，这样影响力就大了。""大家一看那儿有一团雾，那个东西叫漫画，那个氛围就有了。"

ZCloud 的 clog 就是他的生活日记。近一年来，他一直更新。在 clog 中，他的形象是一个光头的中年男子。他记录每天的生活小事和感受，比如接送孩子上学、放学，买菜、做饭、做家务，在家画漫画、直播画分镜、录制吹口琴的视频等。

有一天，上小学的儿子把食指从门帘的缝隙中伸了出去，对他说："爸爸，看，我这根手指进入了另一个时间。"ZCloud 有些不解："为什么这么说？"儿子满脸单纯又认真地看着他说："因为门帘外有蚊子……所以我这根手指和蚊子的时间一致。""蚊子感觉的时间和我们不一样吧。那么……门帘外就是另一个时间。"

他的 clog 就是由许许多多这样平静、美好的日常所构成的，但也会夹杂一些简短却深刻的感受。

在杂交水稻之父袁隆平先生逝世那一天，ZCloud 画了他们一家三口外出吃饭的事情。三人都不知道吃什么，于是他引出了"吃什么呢？"这个问题："'吃什么呢'这句话……在我爸小的时候，还是吃不饱的意思。""也就几十年而已。"

故事到这里就结束了。这条微博获得了 1890 次点赞、704 次转发，平时他发布的微博点赞量平均 100 多，转发量一般不过百。

除了画 clog，ZCloud 还在继续画商业连载漫画，以表达更深层次的情绪和心理。

对他来说，10 年来创作风格的变化就代表了自己的成长。早期的作品比较愤怒，如今，已为人夫、为人父的他变得十分平静。结婚、生子磨平了他的棱角，让他不再那么尖锐。大环境的变迁也改变了他。他以前很喜欢看评论、与读者互动，但"最近几年网络环境也不行了，我自己就因为害怕这些对自己的影响，害怕这些东西，害怕读者提什么意见，反而让我去修改内心的一些想法"。比如，《我在站台等你》带来的事业上的挫折，以及来自网友的刺耳意见，这些都让他不堪重负，开始停下来冷静思考。

"我这几年所做的所有的事都是为了要往回找。"

放开画

"10 年后，我希望能变得更自由。"

ZCloud 从小就在自由的环境中长大，开明的父母从不干涉他的喜好。大二他决定跨专业考研，家人得知后，只说"那你就试试吧"。后来他放弃了保研资格，父母也没有反对，只是希望他明确自己的目标，"别瞎玩"就可以了。

如今，妻子虽然嘴上抱怨他画漫画赚钱少，但实际上还是一直在支持他的漫画事业。

家庭和亲人给予了 ZCloud 充分的自由，可漫画产业和读者并未让他享受到同样的自由。为了节省开支，今年年初他搬离了租用的工作室，开始居家办公。"我 10 年前想的是现在应该月入10 万，但现在的收入和 10 年前没什么区别。"

"漫画创作是非常个人的事情"，创作者的独特风格是漫画的灵魂。但漫画也是"快消娱乐产品"，得不到消费者的喜爱，就无法"反哺"漫画创作者，"数据不好就会被砍掉"。连载《我在站台等你》时，是 ZCloud 最受制于读者的时期。发布在知乎、微博、哔哩哔哩等互联网平台上的作品，直接受到屏幕前无数读者的检视。漫画创作者和读者的距离无限拉近了，他们可以自由对话、交流。但创作者却不那么自由了，因为读者的评价决定着漫画是继续更新，还是到此为止。

尽管他已重拾自信，但一想到流量数据可以裁决作品生死，他仍然心有余悸。相对于发展较为成熟、百花齐放的日本漫画产业，中国的漫画产业在生态上有些"畸形"——商业价值低的小众漫画只能在夹缝中勉强生存。因此，自由既是 ZCloud 对自己未来漫画创作的期待，也是对中国漫画产业前景的期待。

他希望未来可以画一部有人文关怀和高度追求的漫画作品。他还希望能够出现一些充分考量作品专业度的漫画评判者和漫画平台。ZCloud 注意到，知乎上有很多漫画爱好者、漫评家发表长篇的漫画分析，有技术分析，也有引经据典的内容探讨。"有些作品我们自己读得还是比较粗略的"，但是有些网友会提供更加专业细致的分析，知乎把这些知识"攒在了一块儿"，"或者告诉你哪里有"。他认为这就是一个很好的交流开端，漫画创作者大部分时间在表达自己，"但是一个人的东西是很有限的"，"应该适当地听一下人家的意见"。

他也非常期待有朝一日可以有新的专业漫画平台来帮助保留优质的作品，"比如，知乎漫画，知乎完全可以做一个漫画平台"。"作者做出东西来了，你们不要闷着头，只看数据好不好，要想办法卖掉它，它又不是什么好苹果、坏苹果，只是长得比较奇怪的一个苹果。你要告诉大家，这个东西虽然长得很奇怪，但是很好吃，并且告诉大家怎么吃。"

在看到曙光之前，他也许在未来 10 年会"原地转型"，"大行业内的转型"，比如把漫画转成动画，但不会放弃画漫画的事业。

"漫画无论最后多小众，都肯定不会消失。而我所期望的就是不要在我这里消失。"

「 凌楚眠 」

我不想
只做一个
守望者

一

如果世界末日到来，你会冒着生命危险冲上前线做一名英雄，还是打安全牌留在后方？对绝大多数人来说，这是一道一辈子都不可能遇到的脑洞题；但对凌楚眠而言，这是一个无法逃避的现实抉择。

武汉"封城"，走还是留

2020 年 1 月，一场未知的灾难降临武汉。"封城"前一天，凌楚眠在医院值夜班，母亲忙着为他收拾新居，他们准备第二天回宜昌过年。

但出城的路即将封锁，家是回不去了。他们决定留下来。

可留下也无法过得安心。除夕夜，凌楚眠接到一位知乎网友的电话，她的医生丈夫被隔离了，大家对这个名为新冠肺炎的罪魁祸首几乎一无所知。武汉城内的医务人员不眠不休，已经放假的凌楚眠也顶了上去，连夜做了三台急诊剖宫产手术。

留在武汉的那一刻起，他就置身于这场不知何时结束的战役中了。冥冥之中，他体会到"一种历史转动的使命感"。

他自愿报名用母亲的红色两厢日产运送抗疫物资，担当起"后勤大队长"的角色。他运送过从浙医二院麻醉科送来的 100 套救命防护服，也运送过口罩、牛奶、点心等物资。那段时间，他每天打 200 多个电话，和来自全国乃至世界各地的捐献团体对接。

作为科室联络接收捐赠物资的负责人，他收过最奢侈的食物是一车速冻烤鳗鱼——它们来自一千公里之外的福建福清，渔民朋友们驱车 14 个小时，送到的时候还用冰块维持着低温。面对这一箱箱冒着寒气但又温暖人心的珍贵物资，凌楚眠感受到了莫大的关怀和鼓励。他立刻联系各个科室，让所有一线抗疫医务人员下班时带几条鳗鱼回去，"千万不能被我们耽误时间，而使别人的拳拳爱心变质浪费！"他把这段故事写在了知乎上，获赞 14.8 万，位列他个人主页的榜首。

做了这么多，可他还是觉得不够。要是能直接帮助到病人就好了。他在回忆录里描写了当时的内心活动："我好像每天做了很多事，但也好像没做几件有意义的事。""我心里那个满是英雄梦的大男孩，在捶地怒吼"——要到一线去！

他的呼声得到了回应。科室要组建一个插管突击队，负责抢救新冠肺炎危重症病人。他毫不犹豫第一时间就申请加入，仅仅10分钟，10个名额就被同样渴望热血抗疫的同事占满了，还好他入选了。

出发的时候，他沉浸在终于可以到前线去的兴奋之中，母亲沉默着为他收拾行李，千言万语都留在了心里，最后只说了句："注意防护，安全回来。"他也沉默了，"我只知道，我要上前线，那里有人在死亡，有人在倒下，那里需要我。其他，我一律不知"。

在世界末日的难题前，他选择了勇往直前，冲锋陷阵，做一名英雄。这个选择看似简单又决绝，但他的内心却是矛盾、复杂的。他很排斥媒体报道对他的神圣化描写，强调"那一刻我没有想过做什么英雄，只是试图做一名医生"；但与此同时，他又非常坦率地自我"祛魅"，笑称"在那个需要理性评估风险的时刻，我满脑子想的是'不能让出风头的机会溜走'——看来我骨子里，是个'好大喜功'的人"。

想法、态度、说辞都是可以变化的，但行为却是实实在在的。上前线第一天，他就做了两起抢救。在一线奋战期间，他曾心惊胆战地与超级传播者擦肩而过，也曾无比绝望地看着插管40人、死亡过半的可怕统计结果。

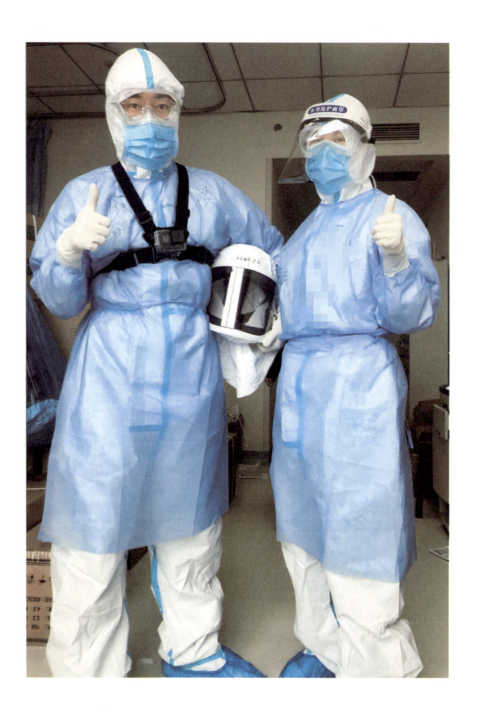

也许没有亲身经历过生死存亡，就很难懂得生命的脆弱和可贵。他看见过，触摸过，深刻地感受过，所以不敢忘却。所有这些都记录在他的知乎盐选专栏《重夺武汉心跳：一线麻醉医生的抗疫全纪实》里，他希望，当武汉的樱花再度盛开之际，仍有人记得那个至暗时刻，以及黑暗中永不熄灭的温暖光亮。

做麻醉就是打一针吗

因为突出的抗疫表现，凌楚眠被视为抗疫英雄。但在他眼中，自己就是一名普通的麻醉医生，和全国9万名麻醉医生一样，每天在手术台上为病人做麻醉。

成为医生是他必然的人生路径，但做麻醉却是偶然的结果。学医是他心之所向，受家里长辈的熏陶，高考时他报的三个专业都与医学相关。他没考虑过其他专业，一路学医直到毕业留校，在武汉协和医院做了一名麻醉医生。

麻醉这件事广为人知，但很少有人了解麻醉医生的工作到底是什么。很多人以为，"麻醉不就是打完一针就结束了吗"，这种说法是凌楚眠最不可忍受的。面对这种误解，他的情绪立刻激动了起来，声音也变得高昂，"我要澄清关于麻醉医生的认知误区！"

"是不是打一针就完了？不是！打一针只是一个开始。"在一台手术中，麻醉医生的工作主要体现在开头麻醉的部分，一针麻药推进去，手术才能进行。这一针看似简单，但其实麻药也是毒药，它像是一把锋利的刀，必须要专业人员来推，推多少、推多快都至关重要。

插管也是如此，"对危重病人来说，插管可能是救命之举，也可能是恶性心脏事件的导火索"。在全麻状态下插管，病人可能会休克。这也是抗疫一线上插管抢救的死亡率超过了 50% 的原因之一。

"麻醉医生大部分时间在守台子，是一个守护者的角色。"守护并不等于清闲，而是时刻紧张着，密切留意病人的生命体征，随时做好抢救的准备。

手术中病人的心率一般都很平稳，但即使在麻醉状态下，病人也对身体上划下的每一刀有反应。最可怕的就是病人大出血，"血往外涌，好多人的袜子都打湿了"。这时，麻醉医生要迅速反应，在 30 秒之内和外科医生共同完成"开源节流"。

抢救的方式包括为病人注射肾上腺素和胸外按压。胸外按压会消耗大量的体力，女性医务人员最多按压两分半，即使是健壮的男医生也最多按 10 分钟。一般情况下，每按压 2 分钟就要换人。

所以，"无论是在手术室还是病房，甚至是医院外的路边施救，麻醉或重症医生的抢救技术一定是最专业、经验最丰富的。他们多学科知识储备扎实，对急症的应对经验充足，更能熟练使用各种抢救药品——这就是为什么有的国家政要出访，随行的是麻醉医生"。

打辅助的隐形人

麻醉医生是个累心的工作，但存在感很低。病人在康复之后只知道感谢外科医生和其他医护人员，却不记得拯救他们的白衣天使中还有麻醉医生这样一群"隐形"人。

说到这里，凌楚眠有些无奈："也许对医生这种没朋友的职业来说，最用心倾听的观众还是同行吧。"

他喜欢学医，但之前没想过学麻醉。调剂到这个专业之后，只好随遇而安。也许正是因为这个遗憾，他才会对做麻醉这份工作又爱又恨。"后悔吗？人性本来就是患得患失的，要分情况。每天累得跟狗一样的时候肯定后悔，但救了病人的时候就不后悔。"

虽然嘴上这么说，但谈起工作的时候，他还是反复感慨："苦。"脱口而出这个字之后，他顿了顿，立刻给这个"苦"追加了一句具体的解释："工作时间非常长。"长到什么程度？长到每天在手术台上工作12个小时，一般从早上8点到晚上8点——"实打实的12个小时，一直连轴转，没有休息，手术中间是不停的，流水线式工作，吃饭也都是轮流吃，10分钟快速吃完，擦擦嘴就回去了"。这种工作模式是麻醉医生特有的，外科医生做完手术就可以回家了，麻醉医生却要一直守着。

麻醉医生的意义不那么外显。如果一台手术做得很成功，麻醉医生的角色几乎不为人所察觉。只有当手术不顺利时，麻醉医生的价值才得以凸显。关于这一点，凌楚眠深有体会："意义就在于那一点威胁。悲催的是，工作不是没有意义，而是工作的意义只有自己知道。"他每天就重复地做着这样的幕后工作，为主治医生打辅助，即使辛苦工作了 12 个小时，也很少被注意、被记住。

同为医生，麻醉医生非但没有从病人中获得和外科医生同等的认可，反而承受了大众对广泛医生群体的道德绑架。"当你把病人治好且没花多少钱的时候，他们会夸死你，把你当神仙；当你把病人治好但花得比较少的时候，他们会感谢你，心里觉得这是你应该做的；当你把病人治好但花了太多钱的时候，他们会骂你。"

医学本身是一个神圣的行业，强调利他和善良。但这种来自社会的认可和光环却没有严格地落实到每一位从业者身上——糟糕的医患关系令人困扰，医生本身的劳动价值和收入也不完全匹配。在凌楚眠看来，"医学实际上是人类善良情感的一种表达"，"选择去做利他主义的事情的人本身就很了不起，但不能因为他做了这个事情，就永远以这个来要求他"。利他和利己的矛盾，似乎永远被争论，却也永远无法说得清。

知乎防杠指南

虽然凌楚眠没有从本职工作中获得足够的意义，可他却从知乎等互联网平台上得到了做科普的乐趣和大众的喜爱。

本名凌肯的他在知乎上化名"凌楚眠"——"楚眠"是电影《楚门的世界》英文名的音译，"楚"代表武汉，"眠"代表麻醉。

他是医学话题的优秀答主，有十几万网友关注着他的动态。得益于参与抗疫的亲身经历，他的抗疫故事和医学专业知识传递给了越来越多的人。

最初，在新冠肺炎横行肆虐的时候，他出于求生欲（字面意思）在知乎上答题；如今，他依然为了求生欲而努力，只不过，这里的求生欲变成了一种网络用语——为了"保命"、不被"杠精"言语攻击。

之所以发生这样的转变，是因为他被"杠"怕了。他获得知乎优秀答主、2020新知答主的荣誉时，有网友说他不是正经医生，只是娱乐答主。也许是因为太在意网友的评论，所以他谦虚地评价自己"不是一个特别严肃、专业、输出质量很高的答主"。"到现在为止，我发的五百多个回答中，至少有一半是那种比较娱乐的，比如我有时候蛮喜欢回答一些婆媳问题、家长里短的那种，会冲上去喷一喷。"

在他看来，知乎是一个很容易变"精"的平台，"上面的人总是有意无意地想秀自己的逻辑，找别人的漏洞去反驳。情绪上的需求比较多，只论立场不论事实"。

为了反弹来自杠精的攻击，凌楚眠开始在回答中附上防杠指南。比如，他在回答"如何看待33岁杭州女子网红小冉吸脂手术后全身多器官衰竭，两个月后抢救无效死亡？医美存在哪些风险？"这两个问题时，就在文末加了两条说明："仅仅指部分缺乏监管野蛮行医毫无下限的无良私立美容机构。私立医院里也有很多靠谱的高端的口碑品牌都不错的。我近视ICL都是在私立做的。但是私立医院下限的方差太大，需要甄别。"

　　他还收藏了知乎好友制作的防杠系列表情包，上面附带了一些防杠说明："我纯路人""没有在带节奏的意思""若您不赞同我的观点，不必特意回复我""仅代表个人观点，并无意引起论战及占用公共资源""你好 [我没有别的意思，不暗示其他任何行为，没有任何阴阳怪气的意思，没有在表达观点的意思，没有参与讨论的意思，只是怕有杠精（没有说您是杠精的意思，若本回复冒犯到您，我诚挚表示歉意）]，再见。"

　　虽然杠精让他头疼，但是这股较真的风气也不是坏事。"别人为什么杠呢？至少他也是认认真真看了你的东西，觉得你的想法不好，才过来告诉你，所以他还是会自我思考的。但是在其他很多平台上就好像是比嗓门大，营销号带节奏，大家一拥而上。"

我也是我自己

　　一直以来，凌楚眠都在为他人守望。他渴望壮烈的人生，所以奋勇直前上了抗疫一线，守望病人和物资。他沉迷于治病救人的成就感，所以寒窗苦读做了麻醉医生，守望手术台上的病人。

　　终于，互联网让他不再只是一个守望者，他成为知乎上的科普博主和意见领袖，代表全国的麻醉医生，也代表自己。这一次，他所做的事，不再只有自己才懂得其中的意义，所有的关注者都给了他肯定。

　　他喜欢做科普，希望通过做科普，提升大众对麻醉的认可。如今，医院的工作十分繁忙，他没有过多的时间花在科普上，平时空闲了会发一些想法。但他从不随便写回答，一定要把话说到位了才会去写。

他最近开始用视频来传播医学知识。视频中的他穿着白大褂，坐在书桌前，对着镜头前的网友，结合某条时事新闻穿插讲一些医学知识。比如，河南暴雨之后，他在视频里介绍了干性溺水、灾后传染病易发原因、灾后建议和必须就医症状等知识。

他秉持着不把网络带到现实的原则，既做着麻醉医生凌肯的日常工作，也化身为凌楚眠在网络上传播科学知识，二者的边界十分清晰，不会彼此影响。

他反复强调，"不要拿你的爱好挑战别人的专业。只要能够把真正的知识传播给大家就够了"。他很喜欢现在的自由，"来都来了，没有 KPI。我发出来有人看，这就很开心，有点像春天去播种，等到秋天麦子成熟的农民伯伯一样，看着它茁壮成长，看的人越来越多，评论越来越多，我很欣慰，仅此而已"。

如今，30 岁的凌楚眠找到了自我的意义——他是抗疫英雄、麻醉医生、科普博主，他也是他自己。

「 甜草莓 」

这个"草莓"不太"甜"

一

这里是最接近北极的国家之一：芬兰。漫长且黑暗的冬天，常常让人一整天都看不到太阳。即便是天气好的时候，太阳也只是在中午时分短暂地露个面儿，不到一小时就下山了。

或许极夜带来的黑暗，成为芬兰被称作"社恐者天堂"的原因之一。在芬兰，"社恐"才是常见的社交形态，他们连排队都要彼此间隔 1.5 米的距离。

如何与黑暗共处？如何一个人对抗无限的孤寂？异乡求学的他，一直都没有找到答案。而且他渐渐发现自己患上了抑郁症："我被传染了。"

甜草莓是北京邮电大学的在读博士，为了完成联合培养的科研项目，跨越 5 个时区来到了芬兰。可是他没想到，面临的第一个挑战就是一眼看不到头的黑暗和孤独。

学习和工作之余的时间是最难熬的。为了丰富生活和节省餐费，他学着自己做饭。思考去哪个菜市场要 30 分钟，实地去买菜要 1 个小时，做饭要花 30—40 分钟，吃完饭之后还要留出 3 分钟来洗碗。一天三餐下来，可以干掉 4 个小时。他最拿手的菜是西红柿炒蛋，"菜的味道比较恒定"，"好不好吃不重要，因为做完饭就饿了"。

做饭没能让甜草莓感受到足够的乐趣，生活依然很单调。

读博更加剧了他的痛苦。他觉得自己在孤独地向前跑，脚下的这条路上只有自己的影子，四周是无尽的黑暗。

知乎让我很生气

　　甜草莓厌倦了日复一日的孤独，学校实验室的项目也让人提不起劲儿，所以他开始寻找真正能做自己的空间。或许网络可以。

　　他注意到，在谷歌上搜索信息的时候，知乎的回答总是列在比较靠前的位置，很多时候排在第一位。但是看到自己所擅长的通信和科技领域时，他很生气，"给我推送的这是啥？"他觉得写这些回答的人"太菜了"，所以开始自己写回答。

　　那段时间他非常喜欢吃草莓，每天都要买一盒，他甚至把自己的知乎昵称也定为"甜草莓"。在这个虚拟空间，他可以顶着这么一个"少女心"的名字自由表达。一切都是新的。一切皆有可能。

　　通过网络，他的孤独终于有了排解的出口。"我不太在意回答的赞同数有多少，更在意跟别人交流，因为当你写一个专业回答的时候，在知乎上始终有一些人能看懂，和他们交流是一个比较好的认识新朋友的机会。"

　　网络上的交流照亮了甜草莓原本黑暗的小世界，也为他打开了一个全新的世界。在这里，认真付出就会有回报。"在知乎上大家认识你可能是因为你之前在这方面做的事，这是知乎和其他平台很不一样的地方。"很多陌生人给他留言，鼓励他多写多答，还有一位上市公司的 CTO（首席技术官）私下给他发邮件，认可并感谢他关于 5G 的回答。

　　渐渐地，他在问答和对话中更加了解自己，也学着与自己和解。"求而不得就会产生焦虑，但当你求而不得的时候，你可能也会得到一些来自外在的认可，帮你走出焦虑。"

随着时间和经验的积累，甜草莓摸索出了一套答题的规律。"如果要写一些比较前沿的知识，那就要找到一个逻辑支点，写一下关于这些知识的一整套体系。"比如写一个关于手机操作系统的回答，核心是系统本身，但也会涉及互联网分层、互联网 IP 协议以及其他东西，"通过这个事可以把这一套知识点串起来，相当于是给大家做一个科普"。还有一种是写夹杂了知识的故事。"比如，大家会觉得某一个化妆品不太健康，它的成分是什么？我们可以分析一下。这个就会有很多人看。"

在写这些的时候，他会努力引起读者的兴趣，比如跟热点结合，"把自己想要的事包装到别人感兴趣的事里边去，这样他们在听自己感兴趣的事的同时，就会接收到这样一个观点或者这样一个知识"。

如今，于甜草莓而言，"知乎已经成为一种日常"。他在知乎上答题获得的收入和本职收入基本持平。

别问了，我不会修手机

"请问你会修手机吗？"这个问题是他最常听到，但也最讨厌回答的问题。

甜草莓专攻信息与通信工程，今年夏天在北京邮电大学完成了硕博连读，后续将留校任教。

他对通信的兴趣来自当过部队通信营营长的爷爷，高考那年又是通信专业的就业黄金期，所以他就选择了通信作为事业。

但他真的不会修手机。"修手机这个事是上电工课的时候学的，但不是那种系统地修。"他帮女朋友修过手机，但也只是调整一下操作系统、软件，并不涉及硬件维修。

甜草莓穿着纯色系的 T 恤和黑色长裤，留着一头似乎被挠过几把的凌乱短发，手机随时连着从街边扫来的共享充电宝，时不时用右手向上推一推眼镜。说话的时候习惯直视对方，经常用"嗯哼"来促进谈话继续。除了偶尔笑一笑以外，脸上的表情很少有变化，大部分时候，他满脸都写着"认真"两个字。

他似乎总是轻描淡写地说，自己如何做到在别人看来很有挑战的事情，或者一本正经地表达一些不常见的想法和观点。当听者因为他的话赞叹、吃惊或发笑时，他却还是满脸淡然，眼神中甚至还有一丝不解。

"我曾经打 DOTA（一款风靡世界的电竞游戏）打到全国前100。"这个成绩对业余选手来说已经是非常靠前的水平了。可说出这句话的时候，甜草莓的脸上却看不出任何情绪。

他几乎从不为了消磨时间而玩游戏，"如果要玩，就得想做点什么东西出来"。在他看来，玩游戏的动力可以有很多种，比如和朋友一起玩团体游戏可以促进互动，游戏的竞技性还能激发大家的好胜心。当然，他也不是带着既定的目标去玩游戏，而是"玩着玩着就会突然不自觉地有了目标"。

他还喜欢去电影院，但不是为了看电影，而是"喜欢电影院的环境"。这是他说出的另一句荒诞又真诚的话。不知是不是受到曾在北极圈周围生活过两年的影响，电影院那种微微黑暗的环境很是让他着迷。

"电影院是一个相对而言半封闭的环境，可以自己想很多东西，不会有人打扰。"即使在满座的电影院，他也能顺利融入并沉浸在微暗的环境中，视周围无一物。至于看电影本身的休闲、娱乐功能，在他眼中反而不那么重要，"偶尔分分心看看电影，也挺好的"。

对普通博士来说，论文被拒是家常便饭，但于甜草莓而言，论文被拒似乎是非常罕见的失败。"我最大的一次挫折是论文被拒了五次。"谈及此事，他似乎回忆起了当时的感受，顿了几秒钟，脸上闪过一丝痛苦。当时他对自己的工作丧失了全部的自信，差点就放弃了那篇论文。但最后，他还是对论文做了一些修改，改完不久就投中了别的期刊。

6G 就是我的赛道

他修不了手机，但研究得了 6G。读博期间，承担了很多课题，项目经历可以写满两张简历。最近几年，他深耕于 6G 感知通信一体化这个新方向。

"当时这个领域还没有特别有前途，我们是世界上最早做这个的一拨人。"作为第一批吃螃蟹的人，甜草莓心里是矛盾的。创新的反面就是风险，他也不确定这个项目是否值得做。

对他而言，6G 感知通信一体化是一个和吃饭、呼吸一样日常、熟悉的名词。所以当外行人发问时，他一时不知要怎么解释。

　　甜草莓挠了挠头，想了一会儿，举了电磁波发射的例子。"通信是以电磁波为传输载体的，电磁波发射时会携带一些环境的信息，比如当电磁波打到墙的时候，它可能会经过一些反射与折射，改变自身的一些特性，这样它就承载了一些关于环境的信息。电磁波在发射的过程中，既可以抽取周围环境的信息，也可以从发射端到接收端传递信息，抽取的环境信息是一个感知的过程。电磁波同时完成收发、感知和通信，这就叫作感知通信一体化。"

　　说完之后，他似乎也意识到，这样的回答对普罗大众来说还是不好理解。他顿了顿，随后又补充了一个稍微具体、实际的案例。"大家可能听过一些类似 Wi-Fi 信号的穿墙成像，比如说，在屋里有一个比较高频的 Wi-Fi 路由器，在墙外，我有可能通过发射信号感觉到你在墙里做什么。"

　　相对于 5G，6G 可以实现全球覆盖，利用更多通信频谱资源，还可以引入 AI 和深度学习技术，安全性也更强。简而言之，6G 的到来或许可以实现通信行业的终极愿景——"无论何时、任何人走到哪里，都能随心所欲地传递信息"。

　　如今，6G 通信感知一体化是国内外通信研究关注的重要方向。2021 年 4 月，中国第一届 6G 通信感知一体化学术研讨会在成都召开，越来越多的人开始关注这一领域的进展和可能。

　　"回头想想，其实当时的选择还是挺对的，因为以前种的种子现在都开花结果了。"这个结果源自他和团队的努力，"我们现在正在带领这个领域往前走"。

　　毕业后，甜草莓的同学几乎遍布百度、阿里巴巴、腾讯、谷歌、小米和华为等国内外互联网企业，留在高校的非常之少。但他却十分坚定地选择了高校。

投身互联网企业固然可以获得高工资，但他不愿意做大公司的一颗螺丝钉。留在高校一方面是顺应父母的期望，另一方面也给自己的未来留出更多空间，腾出精力去做别的事。

归根结底，甜草莓觉得，比起一时的高收入，选择一个好赛道更重要。"收入取决于你的选择。当你选择一个上升的赛道时，你会发现自己的收入增长非常快。"他的赛道就是6G。如今，他的人生在顺利向前推进。不出意外的话，明年就可以在北京买房。

这一次，赛道上的他不是一个人在战斗了，他清楚地看到了前方的光。

"我评价自己不菜的标准是，希望有一天我能因为自己科研或者产业界的工作被大家知道，如果这样的话我就不算菜了。"

05

点滴智慧：
再小的烦恼也有解药

如何为女友挑选礼物，怎样选择一款智能手机，该不该拔掉平时不疼的智齿……

生活里，犹豫和纠结常常发生，也许微不足道，却总有人感到困扰。

每个真实存在的问题，都呼唤答案。有效解答每一个问题，都创造价值。

以问答为鲜明特色的知乎，无时无刻不在产生问题、做出解答。久而久之，构建起一种商业模式，如付费咨询、好物推荐。

在知乎，再小的烦恼，也有智慧的解药。答主，不再只是一种身份，也成了一份可能带来丰厚收益的职业。

「 美好小姐的礼物 」

推荐礼物的 "美好小姐"

—

还记得上次送别人礼物，是什么时候吗？还记得对方接过礼物时的表情吗？礼物送得，达到了期待效果吗？如果明天必须送出一份礼物，你知道该送什么吗？

当这一连串问题真切地砸向你，可能不少人都会胸闷气短。

送礼物，有那么多讲究吗？送礼物，也算是一门学问吗？如果你也有这样的疑问，那么一定还不认识美好小姐。

北京长大的美好小姐，学过国际新闻，做过时尚杂志，在英国留学 6 年，旅居了 30 多个国家。作为资深"剁手党"，她特别在意送礼物这件"小事"，成了专门给人推荐礼物的知乎答主。

害怕麻烦别人的美好小姐

　　采访前的沟通中，我们提出希望走近她的生活，以找到写作感觉。美好小姐大方地提出，可以约在她公寓里。我们爽快答应后，她却又有些迟疑，语气诚恳地说："要不，咱们先电话里聊聊，如果不合适，就不麻烦你们跑一趟了，离得还挺远的……或者，我可以到你们公司去，省得你们花时间……"

　　这是一个 30 多平方米的开间，摆满了各种精致的物件，多是品牌方寄来的样品和她购买的用于测评的产品。美好小姐平时并不住在这里，为了迎接我们，她早早地收拾了房间，打开空调，把饮料放进冰箱。

　　　　请进请进，可以换个拖鞋……
　　　　不是非得换，我是想换了鞋可能舒服点……
　　　　你们想喝点什么……不过我也没准备那么多，冰箱没多大，只有……

　　美好小姐身材消瘦，轻声细语，一双大眼睛炯炯有神。陌生人的初次见面，一阵寒暄中，扑面而来的不只是她的细心周到，还有明显的局促紧张。

　　直到我们席地坐下，东拉西扯，聊了半小时闲篇儿，她才好像放松下来，像朋友一样开始聊天了。

　　美好小姐是特别"能在家待得住"的人。4 年前做自媒体后，除了参加礼物展和品牌活动外，就在家专心做内容，更是成天成

天地不出门。大概是晒不到太阳，有点缺钙，时而会手脚抽筋。一只叫"废柴"的柴犬来了之后，不仅成了她视频里的"女一号"，还因为必须带它出门遛弯，顺便晒了太阳补了钙，把主人手脚抽筋的毛病治好了。

采访的最后，美好小姐又问，"聊完了之后，你们确定我是你们要找的人吗？如果不是，也可以不写我，不要因为采访了我就有负担，写起来又为难……我也可以直接写两段，发给你们……别误会，我没有别的意思，只是怕给你们添麻烦"。

麻烦，是她话语中出现频率最高的词汇。正是这种敏感，让她格外在意对方的感受，也才会特别在意送礼物这件事。

既然挑选礼物是个共性问题，我就帮个忙吧

美好小姐在北京的部队大院里长大，自称"眉宇间透着英气"。在中国传媒大学读了两年国际新闻，感觉"学校教的和我想的不一样"，便毅然退学。赴英留学归来，她在时尚杂志做过编辑，在公关咨询公司负责过多个品牌的宣发推广。这些经历，让她拥有广阔的视野，积累下丰富的消费（踩坑）经验，也练出了新媒体经营的感觉。

"我本来就喜欢给朋友、亲人送些小礼物，也特别享受收到礼物的感觉，所以愿意在礼物的事情上花心思。时间长了，就积累了许多经验。"

即使这样，美好小姐依然会偶尔为挑选礼物发愁。她在网上搜索时发现，和她有同样烦恼的人不在少数。

母亲节想送妈妈礼物了，送什么好？送零食给正在追求的女生，买点什么好？教师节，该送导师什么礼物？类似的问题，在知乎不胜枚举。

"知乎每个问题，都对应着一个亟待解决的困难。在知乎回答问题的时候，我仿佛能看到提问者一脸茫然、不知所措的样子。他们好像在向我求助，既然我有这方面的积累，那就帮个忙吧。"

在心理学里，有种现象叫"享乐适应"。如果一件事能带来快乐，不论这种快乐多么巨大，人们都会慢慢习惯它，快乐无法

持久。但是很多研究发现，"给予他人"这种行为或许是一种例外。送礼物给别人所带来的快乐，远比把钱花在自己身上更快乐，而且感觉更持久。"助人所带来的快乐，是任何物质方面的享受都不可能达到的，这就是我最初为他人推荐礼物的原因。"

2018年3月，美好小姐做起全职自媒体，聚焦自己擅长的礼物领域。她在多个互联网内容平台同时布局，扎实的文字功底和丰富的运营经验，此时都派上了用场。"礼物也许不是个硬核专业，但是做新媒体，咱可是专业选手！"

如果你觉得我虽然一派胡言，但不无道理，就给我点个赞嘛！

不清楚如何送礼物，是个普遍存在的真实痛点。但教别人送礼物，能教得好吗？是个有技术含量的事吗？

"这就是送礼物这件事最独特、最有意思的地方了！"美好小姐说，表面看是一件小事，但是背后连着人的经历、学识、情感、关系、心理等等非常复杂的因素。甲之熊掌乙之砒霜，看似同样的送礼需求，不同的人生经历、审美偏好、关系深浅都会导致完全相反的判断。它永远没有标准答案，但要说它没有一点技术含量，肯定也不对。总有一些道理和原则是可以把握，也需要遵循的。

"不管你多么重视礼物的实用功能，第一次去女朋友家做客，也不能抱一台洗脚按摩仪去送给准岳母吧？"美好小姐笑着说。

拍摄礼物书的开箱视频

人际交往、礼尚往来的基本常识，就是普遍适用的道理。

　　美好小姐还会对某个具体的礼物问题进行关键词提取、定义分析，给出解决这个乃至同类问题的方法论。她的回答，往往不急着指向具体商品，而是先讲清思路，给出方法，以理服人。"具体礼物的推荐是建立在逻辑基础上的，若推荐没有逻辑，则选品没有意义！"

　　送零食给正在追求的女生，买点什么好？

　　零食作为礼物送给喜欢的妹子，是非常好的选项，成本不会过高，又选择多样。关于给正在追求的女生，应该送什么零食比较好？题主没给太多信息，我们来大致分析一下，还在追求期，没确定关系，所以——

1. 不能送太贵重的东西（零食都不会多贵重，所以这项OK）。

2. 也不要送"爱情属性"那么强烈的东西（比如心形巧克力之类的）。

3. 美的，不管是少女心还是小清新简洁风，或者其他风格，只要是美的，美的才配得上喜欢的女生。

4. 有意思的，自带话题性的零食效果更好，就像送个好玩的小玩意儿一样，增加你们之间的话题，让姑娘没有压力，同时又能感到你的关心。

5. 另外，我非常不赞成追妹子的汉子去买那种所谓零食大礼包。送礼在精不在多，装一大堆乱七八糟花花绿绿的零食（还有一些假的进口零食）在一个难看得让人质壁分离的盒子里（能入眼的真是太少太少），有时候还要加个廉价小玩偶或者永生花之类不知所谓的东西，盒子上再来一行傻字，比如说——"我想大声告诉你！""时光不老，我们不散！""我的女神！"这一大盒子也不便宜啊，谁要是送我这种礼物我的脸都会气变形的！

2018年6月开始在知乎做礼物推荐至今，美好小姐已经写过超百万字的礼物相关原创内容，分享过超5000个礼物单品。

"如果你觉得我虽然一派胡言，但不无道理，就给我点个赞嘛!"这是美好小姐在知乎回答里的口头禅,谦虚且又精妙地诠释了礼物推荐的价值。

在这个全民皆可种草的年代,消费者变得更加理性。情绪性的冲动消费虽然还是普遍现象,但网友们对专业度有了更高要求。"因此,我的专业水平也必须保持提升,也要不断向其他领域的优秀答主学习。"美好小姐每个月要花几千块钱,专门用来尝试各种新产品,以保持对市场的感觉。

找我咨询礼物的,90% 是男性

虽然是礼物答主,但如果你问美好小姐:在一段感情关系里,一定要给对方送礼物,或者要求对方送礼物吗?

她的回答却是:不一定!因为有的人的确就是做不到呀!

做不到送礼物的人,绝大部分是直男。人们大多以为,礼物推荐答主的读者是以女性为主,但美好小姐的关注者中,男性用户的比例却明显更高,而找她咨询礼物的,90% 以上都是男性。

"买礼物,是男性的刚需。"美好小姐说,总是见到女性嫌弃男性送来的礼物不合心意,但男性却比较少挑剔别人送来的礼物。

"经常会有男性读者加我微信求助,不知道怎么送女朋友礼物,我把这一类特别苦恼的读者还分了组,组名是'无助的直男'。这些人甚至会想尽各种方法逃避送礼物,不是因为不想花钱、不想花心思,而是送礼物对他们来说,真的太难了!"

美好小姐有一套"礼物搜索成本"理论。简单来说,当送礼人的"搜索成本"低于收礼人的"搜索成本"的时候，礼物才有意义。

也就是说，当你比收礼人更清楚这个礼物怎么找到，或者当你能用更便宜的方法得到它时，你才觉得礼物有意义。这解释了为什么随着孩子长大，父母更想直接给钱，因为不知道孩子想要什么，搜索成本增加了。还解释了为什么旅游时喜欢买东西送人，因为这些礼物在家里很难找到。

"无助的直男"不知道有什么礼物可送，更不知道怎么买……也是因为礼物的搜索成本对他们来说，高得无法承受。

从这个意义讲，做礼物推荐，是一个刚需，可以实实在在地帮到很多人，但礼物答主并不容易"出圈"，除了因为领域垂直，背后还有很微妙有趣的心理活动。

礼物和一般的日用品、消费品不同，需要特别的、惊喜的，别人不知道而自己知道的……所以，美好小姐的读者会直接跟她说："我好喜欢看你的文章和推荐啊，但我不会把你推荐给别人，不然我送礼物，就没有惊喜了！"

"你瞧，要成为一个推荐礼物的答主，多不容易！"美好小姐笑笑说，"要正视和接受人性的幽微有趣。选择礼物领域写原创内容这件事本身，让我感觉到快乐和有意义，这比什么都重要。而在创造价值后，得到读者和品牌方的肯定，是之后的事情。"

当然，持续创作专业和高质量的内容，一定会得到关注和收益。2019年底，知乎正式推出好物推荐功能，而此时，美好小姐已经在知乎持续做了一年半的礼物推荐。"这个功能的开通，方便了像我一样专注于垂类好物推荐的创作者，把物品购买链接放

在内容里，如果创作的内容足够好、足够有价值，读者有兴趣点
击链接购买，创作者也会从而得到佣金收益。"

小美造物

从 2020 年开始，美好小姐不再只是推荐好物，而是升级为
制造好物，"小美造物"应运而生。

"小美"源于她信奉的生活哲学。与其强求圆满，不如接受
缺憾，这是智慧的古人早已总结出的惜福之道。"别人或许祝你
十全十美，而我想祝你人生有小美。"

美好小姐的合伙人是认识多年的朋友，也是连续创业者，对
于产品生产、供应链有着丰富的经验。他负责产品生产、品控、
工厂管理，美好小姐负责产品设计和市场宣传。

做礼物答主的这些年，美好小姐结识了很多品牌主理人，对
产品设计理念、特点、消费者反馈等一系列问题做过许多深入沟
通，因此练就了对产品设计的敏感。"潜移默化中，我相当于做
了多年的市场调研，这种积累让我比普通人更能抓到对市场的感
觉。有时说不清楚原因，但我就是知道什么产品会火。"

产品看似简单，但背后的创意和设计却很有一番学问。

做礼物答主后，美好小姐在各个平台上写文章写推荐，认真
地推荐过几千个礼物，做过无数个一对一礼物咨询后，发现大家
想要的那种"美好的小礼物"还是太少了。

这里的"美"，是小物件里包含的精致感、小礼物带来的仪

式感，这需要充满创意的设计、对细节的把控、妥帖体面的包装……

所以，"小美"的一系列产品都是这样"小但是足够精致"，也有相当大实用性的礼物。

"推出护手霜产品是因为它够实用，尤其是现在因为疫情的原因，大家每天都要洗好多次手，护手霜就变成了一种真实的需要。"

另外，和一般的护肤品、香水这种过于私人或者个人偏好差别很大的产品不同，护手霜没那么容易踩雷。换句话说，大家对护手霜的接受范围宽，一般也不会执拗于某个品牌、某个味道。这对新品牌来说，是一个机会。

"小美造物"的一款护手霜，市场反响很好

几十块钱一支的价格，作为伴手礼刚好合适，不会给收礼物的人带来"不够分量"或者"过于贵重"的感觉。体积上来说，它比较小巧，送礼者便于携带，收礼后放在办公桌上、抽屉里，也不会觉得累赘。

小美的这款护手霜命名为"Have a Good Day"，三款香型分别叫早安、午安、晚安，包装也很精美，"有的读者会一下子买十几二十个，来送朋友、送同事，还有不少机构、企业很喜欢这款护手霜，采购送客户、送员工。"

忘掉一夜暴富，换成厚积薄发

做全职自媒体，是一种怎样的体验？美好小姐的回答是，虽然在家办公，不用坐班，但比上班还累，比高考还累。自媒体人要想获得成功，最重要的素质是什么？美好小姐的回答是——自律。

"一旦做了自媒体，你就像一个停不下来的陀螺，要不停地运转下去。"美好小姐在知乎每周会写2—3篇回答。真正用心的、有针对性的礼物推荐，要花时间分析需求、提供方法，推荐产品，其实是无法很快完成的。另外，还有其他平台的内容输出（图文、视频），每天日常的读者沟通、品牌方沟通、自己品牌产品相关的一系列工作……所有这些工作加在一起，其实工作量挺大的，有朋友想跟着美好小姐学做自媒体，她总是斩钉截铁地劝退：富二代做不了自媒体，因为你受不了这份辛苦；有现实经济压力、着急变现的也别来，你是能吃苦，但可能三五年之后才能赚到钱，你的存款得能让你撑到那天。

美好小姐认为，做自媒体，首先要选择一个自己真正热爱并且擅长的领域。你不爱美食，肯定做不成美食答主；你从不健身，也不可能做成健身答主。持续创作，是一件非常辛苦和琐碎的事，而这个世界上不管多么壮丽的事业，大部分都是由庸常、重复、枯燥的内容组成的，如果没有足够的兴趣，一定无法坚持。

美好小姐说，她是个专业主义者，喜欢花很多时间把一件事以及背后的逻辑真正搞懂。作为内容创作者始终要求自己完成高质量的产出，对读者负责，"忘掉一夜暴富，把这个词换成厚积薄发"。她说，这可能也是自己一直喜欢和坚持在知乎创作的原因，"我在这里慢慢成长，在每一个回答里，和一个个陌生人、和我自己的专业领域建立起一个有别于其他平台、更深刻的关系，我觉得这本身让我觉得很快乐"。

「 芊小桌儿 」

年薪七位数的
美食段子手

—

美食答主芊小桌儿的采访，约在知乎楼下的咖啡馆。

准时正点，戴着一顶大帽子的芊小桌儿锵锵快步在前，带着温和笑容的丈夫从容陪同在后。我们招手，他们示意，相互迎上。

落座后，菜单还没打开，也未曾寒暄客套，聊天就像老友聚会一样开始了。

"我有点话痨啊，你们理解点，哈哈哈。"芊小桌儿语速极快，几乎每句都脱口而出。看似不曾思考，却又金句不断。"姐夫"慈眉善目，寡言慢语，偶尔在旁边拦一句——你……适当控制一下。

芊小桌儿说，很多在网上放浪形骸的人，现实中非常低调沉默。"而我，网上比现实还收敛一些。"

话痨是怎样练成的

芊小桌儿在知乎回答过一个有趣的问题——被没经验的男生追求是种怎样的体验?

呵呵，当年一个羞涩的男子托朋友约我出来吃饭，吃饭过程中一言不发，我实在闷得不行，直接喊服务员上了两听啤酒，他喝了点酒才敢跟我聊天。

送我回家，路过电影院门口扭扭捏捏不走了，磨蹭来磨蹭去。

我问他，你是不是想请我看电影?

他如释重负地说：是。

发现没有合适的场次，他又磨磨蹭蹭不肯走。

我问他，你是不是想请我去旁边咖啡店坐坐?

他如释重负地说：是。

喝咖啡过程中吧啦吧啦了一大堆自己爱看的电影，研究了排场的时间，绕来绕去。

我问他：你是不是想下次约我一起看电影?

他如释重负地说：是。

所以到底是谁约谁啊!

心好累。

至于我为什么一定要帮他打圆场，请参考我另一问题下的答案：作为一个话痨是怎样的体验?

芋小桌儿在这个答案里写道：这世上根本没有话痨，只有一群"冷场恐惧症"患者，于是不停说话好填满每一个尴尬的时间空隙。"抱紧我们，好吗？"

那次创业的唯一收获是找到了老公

芋小桌儿的家人都在中石化系统工作。圈子相对封闭，相互都认识，什么秘密都藏不住。"你要谈个恋爱，分分钟你妈就知道了。"

管理严格、规矩繁多、处处都得小心翼翼的生活，在她看来是一种煎熬。尽管父亲极力反对，但她暗暗发誓，长大后坚决不进体制内，拒绝一切公务员、事业编、国企的工作。

考大学时，她只希望能离家远一点，于是去了乌鲁木齐。

毕业后，她入职了当地一家有名的广告公司，从文案一直做到创意总监。后来，在朋友邀请下，她们一起创办了当时全国首个摄影O2O项目。不久后，项目得到北京一家公司的投资，按资方要求，创始团队需全部搬去北京。

"离开乌鲁木齐前，广告公司老板找我谈话，要提拔我做新媒体运营负责人，我说实在抱歉，我要去北京创业了。"芋小桌儿说，她很感激第一份工作的培养和历练，也很佩服老板的为人，但是从创业前景来看，去北京是必须要走的一步，"想清楚了就没什么好犹豫的"。

进京两年后，因为投资人深度介入项目经营，与其理念不合的芊小桌儿最终退出。"我们想做轻资产，但是投资人认为应该铺实体摄影店面。他投钱他说了算，我们无法改变，最后只好纷纷离开。"

说到此处，我们正想表达惋惜之情，芊小桌儿来了个神转折。"那次创业的唯一收获，是找到了这个老公。"说着，她一脸宠溺地转向"姐夫"，到北京的第一天，就认识了他，这是怎样的缘分！

"姐夫"微笑着慢慢说道：那时候我也创业做公司，做 PC 和 App 开发，跟她的项目有合作，所以就相识了。

后来，芊小桌儿重新做回打工人，在一家美食网络社区担任北京分公司的运营负责人。看到社区里的美食达人分享各种菜谱，芊小桌儿很有兴趣，业余时间也开始尝试做美食分享。

"那时天天 996，工作压力很大，我就把写段子当作解压的方式。"芊小桌儿说。

一个用生命在吃的姑娘

芊小桌儿从小爱看书，擅长写作。小学要求写日记，她交一本日记给老师之外，自己还要另外写一本。她偏科严重，语文数学分数加起来 150 分，其中语文 130 多分，数学十几分。班里的范文永远都是她，偶尔一次不是，老师还会安慰说，你给别人留点机会吧。

与生俱来的天赋和多年写作积累，让芊小桌儿拥有了很强的文字驾驭能力。"搞笑段子手到擒来，深情款款的文章也没问题，风格可以随意切换。写字对我来说一点都不费力，刚开始时随便写一篇就有 2000 赞，正反馈很充足。"

美食，是她的一生至爱。写字，是她的母胎技能。有趣，是她的突出特点。2017 年，这个用生命在吃的姑娘，开始在知乎规律地运营专栏——"餐桌奇谈"，并在多个平台运营独立 IP——芊小桌儿。也因此，她得到了昵称"小桌儿"。

"当时市场上的菜谱大都严肃正经，像说明书，而我主要是幽默搞笑，经常跨界、混搭，这种段子菜谱，当时比较少见，意外地比较讨喜。"

描述对甜食椰奶小方的喜爱，她写道：

当小桌儿第一次吃到椰丝奶冻，或者叫椰奶小方的时候，真是春风拂面从口腔到脖子到……

像是被白玉般细腻又微凉的手抚摸了一遍又一遍……

像是躺在海南的沙滩上……

椰林树影，水清沙幼……

唉，每次描述起来好吃的，

都觉得自己是个被撩的汉子……

在"你吃过有哪些'比肉还好吃'的素菜？"的问题下，她回答：

把素菜做出肉味来，是我们热（想）爱（要）生（省）活

（钱）的表现！

　　而想要把素菜做得比肉还好吃，那我必须前手翻直体奎尔沃转体 360 度地推荐这两道菜……

　　刚开始，芊小桌儿没想过变现，但是每天增长的粉丝让她温暖又惊喜，于是就一路坚持下来。忽然有一天，知乎的运营联系她说，有商家找来做推广。

　　"我记得第一篇推广费就是 5000 元！就这样，我没怎么挣扎就开始了变现之路，推广费也随着我知乎关注者的增长，一路水涨船高。"

　　除了收入之外，芊小桌儿这个 IP 也随着知乎名气的扩大而被更多人知晓，2020 年，小桌儿收到央视 2 套《回家吃饭》导演组的邀请，携"姐夫"一起录制了七夕特别节目，在节目中展示了有趣的调和了夫妻口味的融合菜做法，并成为节目播出史上"最年轻的嘉宾"之一。

　　"上央视录节目，是我之前想都没想过的机会，而这个机会，竟是美食带给我的。"小桌儿说，从未想过小时候一直被爸妈嘲笑的"馋嘴"最后竟促成了自己的事业。

永远都吃不着热的，但很赚钱

　　真的做了全职自媒体，才发现其实非常不容易。

　　"爽的地方是没人管了，也不用管人了。内耗非常少，工作的 99% 都是给自己的。但压力来自要自己管好自己，承受孤独。"

自己做美食，和把它记录下来讲给别人看，还要讲得清楚、有趣，是完全不一样的两回事。"圈里人常常自我调侃：做美食答主，永远都吃不着一口热的！"芊小桌儿说，每一步都要停下来拍摄，要想着法子换角度、换光线、换思路，一道菜要重复做很多遍，拍完了，菜凉了，人也累了。

所以做美食答主，最重要的素质就是热爱。只有足够的热爱，才会想去钻研，用多种角度去描述，才能坚持下来。

"还有很关键的一点就是要对抗焦虑。"芊小桌儿说，做全职自媒体的前半年，她总是做梦，梦见自己又回去上班了。"那时候超级焦虑，担心自己不够努力，害怕浪费了机会，也不确定收入有多少，明天会不会饿肚子。"

说到这里，"姐夫"主动搭话：刚做自媒体的时候，芊小桌儿做了一份表格，里面密密麻麻地排满了每天的计划。从起床到睡觉，找什么选题，做什么内容，哪个平台几点更新，要点有哪些……

"她以前有点拖延症，我原以为她做自媒体就是玩玩，没想到会那么自律，对自己要求那么严格，我很惊讶！"

芊小桌儿说，事实证明，只要内容够好，在知乎就能做起来。持续地产出内容后，逐渐走上正轨，收入也上来了，焦虑也不那么严重了。

"所以，现在的收入大概什么水平？"我们好奇地问道。

"这个……能说吗？"芊小桌儿跟"姐夫"对视一眼。"姐夫"一如既往地风轻云淡，微笑说道：也没什么不能说的吧。

"美食领域的商家很多，电器、厨具、商超、各种食材等等，营销投入额度很大，所以我的收益还不错。从 2020 年下半年开始，我的知任务和好物推荐两项收入，稳定在差不多每个月十万吧，算下来一年有七位数了。"

见我们一时错愕，芊小桌儿立刻补话：这个行业变化很快的，所以也不敢有一点放松，要不断学习。今年开始，我就想放慢点挣钱的事，找找未来的方向。

另一个身份——追星女孩"芊姐"

2021 年 2 月，一档集结了 90 位选手的男团竞演养成类真人秀开播，芊小桌儿深深地"粉"上了其中一个 21 岁的新疆选手。

"我跟新疆有特别的感情，他刚好是我喜欢的阳刚外形，又极有才华。以前从来不屑于追星的我，开始关注起了他……初恋秀粉最真情实感啊！都是发自内心地喜爱！"

从看节目视频，到去拍摄地参与现场录制，再到参与粉丝活动，芊小桌儿似乎是迷迷糊糊地就进入了"饭圈"，并一路成为那位选手粉丝圈里的"知名粉丝"。

"只是我们这个粉丝圈跟别人家的都不太一样，大概是因为他之前就是个素人，他的粉丝大多也都是第一次追星，所以每个人都不太懂饭圈的那一套，就是很单纯地喜欢着。"芊小桌儿说，她觉得饭圈是个很值得研究的群体，一直想看看这个圈子是如何运转的，所以这次追星体验更像是一次调研。

而正是因为这次调研，芊小桌儿开启了新一份有趣的生活，还多了个昵称——芊姐。

有时候制作一些饭制产出视频时，丈夫作为司机和助手，偶尔以声音出镜，因此被大家称为"声音好听的姐夫""爱芊姐的姐夫"。

"主观上不支持，客观上提供一些支持。""姐夫"说，我尽管不喜欢她粉上一个年轻帅哥，但既然对她有积极影响，我也就提供些便利。他对这个陌生的事物也很好奇，想了解年轻人在追逐怎样的潮流，"说不定还能找到意外的机会"。

芊小桌儿说，目前了解到的"饭圈"里有很多不好的现象，一些粉丝才十几岁，说话做事比较极端，情绪化明显，需要做好引导，大部分的饭圈文化也并不值得推崇，但也该认识到，文化潮流的出现一定是有原因的，一味杜绝不是最佳方案。

"我目前的行为都还是为爱发电，会花费不少时间和心力，很累还偶尔耽误赚钱！但是既然爱上了就随着自己的心走吧，也许自己还能为健康积极的饭圈新文化的形成做点什么呢。"芊小桌儿说，"人生的转机，往往就是在不经意间出现的，或许明天，我又在其中找到新的机遇呢！"

「 Navis Li 」

电子产品
"导航员"

—

Navi 是单词 navigation 的简写，因此 Navis Li 可以趣味翻译成"导航李"。这介绍了他的职业——消费电子产品评测，为网友选购商品提供导航。

科技"盐"究员、科技话题优秀答主、年度荣誉答主……Navis Li 在知乎获得了诸多称号。他有 55 万关注者，在电子产品领域影响力惊人，年仅 27 岁已经年薪"大几十万"。

与科技宅男的固有形象截然相反，这位知乎"大神"给人的第一印象是温润如玉。精致的烫卷发型，锃亮的英式皮鞋，皮肤白皙，五官立体，紧身 T 恤显出好身材……他彬彬有礼，言语较少，声音略小，慢条斯理，不疾不徐，随和淡定。

直到露出左右手分别戴着的智能手表，从背包里陆续掏出笔记本电脑和 6 部手机，浑身的科技感才跃然纸上。"这是最新的华为 P50，这是我常用的电脑 MacBook，这个……哦，这款手机还没有正式对外发布，所以还不能给你们介绍，抱歉哈。"

缘起热爱，但理性选择

志趣的诞生总有播种的过程。Navis Li 第一次对电子产品萌发强烈兴趣，源于父亲的朋友从美国带回来的一个小苹果——iPod nano。

那个年代，音乐播放器正从磁带、CD 朝着数字化产品过渡，这个新玩意儿让他成为小朋友们追捧的对象。但相比从艳羡中获取的愉悦感，他更单纯地觉得，这个爱不释手的"玩具"，完美得像艺术品。

苹果的"美味"激起了 Navis Li 对数码产品的探索欲望，他开始抓住各种机会，到处查询相关信息。2008 年，他找到了一个名为 APPLE 4 US 的网站。在这个专注于深度讨论苹果产品的小众社区里，多位高手围绕产品功能、设计理念、技术方案等话题，发表了一系列高品质文章。Navis Li 看得如痴如醉，不可自拔。

互联网的变化总是速度惊人，APPLE 4 US 并没有运行太长时间。风起云涌，世事变迁，几年后，其中的几位主要参与者，联手创办了一个问答社区。几番商量后，他们决定把名字定为——知乎。

成为一个小众领域的深度研究者，往往少不了强烈甚至疯狂的偏执。相比之下，Navis Li 的选择，却多了几分理性思考。

他顺从父母的安排，大学选择了会计专业，因为"将来好找工作"。进入大学后，他很快就发现自己对会计"爱不起来"。同样是查资料看论文，会计的内容他根本看不下去，但电子科技方面的却常常沉陷其中。于是，他有了转行的想法。

评测图片

　　但严谨理性的思维习惯让他清楚地意识到，这只是一种主观直觉，并没有客观实践做基础，也不曾被验证。

　　"我只是一个电子产品爱好者，既没有专业背景，也没有实践经验，甚至不知道这个行业里有什么岗位，需要什么人才，哪个方向适合我。这种情况下，只凭着一腔热爱去选择职业方向，其实就是开玩笑。"

　　于是，他请教了很多业内人士，尽可能了解各方面的详细信息，知道了自己该向什么方向去努力积累。咨询的过程中，他的热情也获得了许多鼓励和认可，也得到了父母的尊重。

　　有了自信、热爱和家庭的支持，Navis Li 开启了边自学边创作之路。正逢知乎从内测转向开放，他就迫不及待地注册了账号，开始以创作者的身份发布内容。

意外惊喜，但就此笃定

创作都是从模仿开始的。Navis Li 最初在国内外网站找寻新品发布的消息，学习借鉴网友的测评写作，逐渐地积累了一小批关注者。

一天，他遇到了这样的提问：如何根据一张 A 楼照 B 楼的照片，判断出拍摄地点是 A 楼的几层？作为资深摄影爱好者，他对此很有兴趣，于是画了一张草图，用平行线相交所在楼层，算出了答案。提交回答已是深夜，之后他就去睡觉了。没想到的是，第二天起床后，他就被点赞数惊呆了。

"没想到只一张图片就获得这么多人的认可"，更让他感动的是，还有网友专门在他的回答下做详细的理论解释。这种认真探讨的态度，让 Navis Li 深受感动，也坚定了他扎根知乎持续创作的信心。

后来，随着回答问题质量和数量的提高，Navis Li 认识了更多资深行业人士，学到了用户视角之外的更深层次内容，也获取了很多难得的交流和体验机会。在他们的推荐下，Navis Li 有幸去电子厂商参加了面试，更大的惊喜是，面试官和老板都在知乎看过他写的文章，对他非常认可。

本科毕业时，多家手机厂商向 Navis Li 抛来橄榄枝。但反复权衡后，他选择继续深造。读研期间，Navis Li 将更多的时间花在了电子产品上，开始尝试做专业测评，基本确定了未来的职业方向。

良性互动会带来正向循环。Navis Li 创作愈发专业，粉丝量日渐积累，也有越来越多的厂商开始在发布新品时请他来写测评、做推介。他越是坚持高质量创作，得到的关注也就越多，形成的品牌效应也越大。

2018 年，一次偶然的机会，thinkpad 总负责人和首席设计师来中国开新品发布会，Navis Li 作为代表，向他们反馈了中国消费者的建议，深入的思考获得一众好评。他们至今还保持联系，交流新产品设计，讨论消费者诉求。

常常单行，但不感到孤独

作为资深电子产品测评人，Navis Li 在生活中常常独行，且"宅"味满满。

他住在北京，但很多厂商总部在珠三角，这意味着他要经常坐飞机长途出行。一个人，一个箱子，频频地穿梭在云层之上。

他一个人住，居家办公，没有固定的作息，不用上班打卡，每天睡到自然醒。他工作与生活融为一体，无缝衔接。他每天要看大量论文，与厂商不断交流，找寻创作思路。必备的产品测试后，还要撰写文字稿，拍摄照片和视频。

问及是否会感到孤独时，Navis Li 的回答很干脆："没有。"他在知乎写下种种想法，许多志同道合的朋友与他交流，完全满足了社交需求。"不管你发什么，总有人在回应你，不管是夸你、骂你还是赞赏你。"

与此同时，层出不穷的新产品，也总能让他感到新鲜。每次

李老师评测图片

遇到突破性的创新产品，他就会特别兴奋，捧着产品，研究琢磨到整夜不睡觉。他还会把这些发现和感受发在网上，跟大家互动。

最近一次让他兴奋的产品，是华为 P50 Pro 影像旗舰款手机。拿到产品的当天，他就开箱直播，一直不停地拍照，还连发了很多条知乎"想法"。"平时话不多，但一遇到好产品，我就变成话痨了。"他微笑说道。

兴奋点在于：全新的原色引擎和计算光学，让 4 摄组合超常发挥，因此屏幕的硬件和 HarmonyOS 2 上的色彩管理也变得非常重要……Navis Li 撰写了一篇专业的屏幕素质报告，进行了光谱测试、白色准确性测试、色准测试、伽马测试、亮度测试、频闪测试、分辨率测试等。最后他给出结论：这部手机屏幕表现肯定不是最好的，但是通过优秀的色彩管理，逐个屏幕出场校准，还有全新的 HarmonyOSSans 字体，它就能做到更鲜艳但是准确的色彩、更锐利的字体边缘，还有更护眼的频闪。

这篇专业程度极高的小众内容发布后，迅速在知乎得到了数百个赞同，引来数十条评论。

很帅，但拒绝"靠脸吃饭"

　　流量为王的大潮中，许多电子产品测评同行，开始尝试各种营销手段。不少博主频繁出镜，以此打造人设，甚至还找来漂亮女孩同框营销。在这种背景下，长相十分帅气的 Navis Li，明明具有先天优势，却坚持不出镜，拒绝"靠脸吃饭"。

　　问及原因，Navis Li 笑言自己做不成情感营销。"不同的平台有不同的气质，抖音上可能更激情些，微博的饭圈文化更浓，知乎用户喜欢权威但不迷信权威，他们永远是因为共同关注的话题聚集在一起，而不是因为某个特定的人。"

　　Navis Li 说，测评领域的答主，每人都有自己的风格定位，没有高下之分。他之所以选择在知乎扎根，就是因为自己属于技术派，追求测评中的专业度，而这也正契合知乎的调性。"我觉得要忠于自己的热爱，坚持自己的风格，不能一味追着流量走。我硬去做出镜的答主，可能效果也不好，反而又丢掉了自己的专业技术优势，得不偿失。"

　　Navis Li 的文章中，往往会呈现很多测评的参数。用他的话说：专业测评就是参数，没有参数的测评只能叫体验。为了提供精确数据，他购入了多种黑科技仪器。他的工作室里，机械臂、红外热成像、热电偶传感器、光谱仪等整齐排开，未来大片感十足。

　　"消费者挑选手机，续航能力是一个关键。而测准这个数据，就需要机械臂的帮助。它能模拟人手，持续不停在手机屏幕上点点画画，比人工操作更持久、更可控。"Navis Li 说，一些消费者还关心电子产品使用后发热的现象，这方面测试要用到红外热成像和热电偶传感器，通过对热红外敏感 CCD 分析物体热场的不同，用来测试手机和电脑的散热情况。

2017 年，文章《如何拯救你的旧手机：要不把它挂到墙上试试？》一经发出，就获得了过万点赞。而完成整篇文章，Navis Li 花了将近一周时间。

旧手机人人都有，是放起来吃灰，还是卖了赚钱？ Navis Li 给了另一个答案：拆掉做成标本，变成家庭装饰品。其中的难题，就是在不破损的前提下拆开手机。但是 iPhone 4 特有的工艺，为拆机增加了难度。为此，他虽然特地买了专用螺丝刀，却依旧拆废了一个手机。

这篇文章发布后，有多个手机的新品发布会也尝试了拆解老手机。直到现在，淘宝上还有人卖手机装裱。

自媒体圈纷纷效仿这个创意之作，但 Navis Li 拒绝"套娃"，再没做过其他的手机装裱视频。"我希望能成为那个一直创造好东西的人，这样才能真正掌握互联网的潮流。"

恰饭，但坚守底线

主观的归主观，客观的归客观。这是 Navis Li 的知乎个人签名。主观上是热爱，客观上也需要获得收益。谈及收入，Navis Li 的回答清晰而直接——恰饭，但坚守底线。

Navis Li 坦言，作为职业测评人，他的收入虽然跟头部机构还有差距，但也进入了年入大几十万的行列。

这些收入，一半通过知乎获得，有激励计划的奖金，也有好物推荐的佣金。另一半来自厂商，其中部分是宣发收入，还有部分是专家咨询。他可以从研发阶段就接触产品，以用户的视角，对产品规划、设计给出建议。

"赚钱没问题，但是要有底线。硬把黑的说成白的，不仅良心会痛，粉丝也不买账。失去了粉丝的信任，也就失去了影响力，斩断了长久收益的可能。"Navis Li 带着严肃的口吻说。

Navis Li 已成为领域内公认的行家，虽然没有技术研发人员的专业深度，也不如产品经理了解得全面，但他能从更广阔、自由的维度，洞察行业变化。

在他看来，国产电子产品进步飞快，"iPhone 的优势是有自己的操作系统、处理器，掌控着整个生态。而国产手机已经做到了非常接近的程度，用起来没有太大差别"。

中国消费电子行业的发展壮大，为产品测评这个新兴产业创造了美好的前景。以全球视野看，国内电子产品测评行业从搬运、模仿起步，如今已经实现了超越、引领。Navis Li 和国内同行已经因为内卷，而开始向国外输出。国外媒体也会选择他们的文章作为一手消息，纷纷转载。

「 巩玺 」

长得美不美，
到底谁说了算

—

我长得到底好不好看？这是医生巩玺曾经思考多年的问题。

虽然如今常被称为"美女医生""知乎美女答主"，但她曾经度过了很长一段自卑的日子。

时至今日，她还时常想起幼年时候朋友们和妈妈的话，"不要笑那么大，露出牙龈不好看"。因为这句话，从小到大她很少开怀大笑。每当笑到一半，她总会想起这句话，只好收敛回来。

如果不是周围人这么说，可能她不会觉得自己长得不好看，可能她不会每次都不能笑得尽兴，可能更不会想着要着力于开展面部微整形。也许，也就没有如今的口腔颌面外科医生巩玺。

如今，以"看脸"为职业的巩玺医生，一边帮助更多人解决"我到底好不好看"的问题，一边也在思考着"美不美，到底是谁说了算？"

长得不好看，是我自己的问题吗

"我是个专业看脸的医生。"面对陌生人，巩玺常常这样介绍自己。

面对着"美女自媒体科普博主"之类的称呼，巩玺更看重自己的"医生"和"医学博士"的身份，虽然她的博士研究课题也与美貌无法分开——巩玺的博士论文，研究的是"美貌人群的对称性"。

巩玺，北京大学口腔颌面外科学博士，目前担任北京大学口腔医院第二门诊部口腔颌面外科主治医师。工作之余，她也是一名科普博主。在知乎，她有 40 万关注者，经常分享一些口腔医疗方面的知识。

智齿要不要拔掉？这是巩玺最常遇到的一个问题。"医生，我的智齿也不疼，就算偶尔疼了，用漱口水漱漱就没事了，能不能不拔掉？"每一次，巩玺都坚定地建议"只要有过问题，就一定要拔掉"。所有口腔问题，不会自愈，只要疼过，不解决，以后就会反复发作，甚至还会有别的问题。这是巩玺给出的原因。即使看上去不疼的智齿，可能会顶坏旁边的牙齿，导致牙槽骨慢慢丧失。"就像是血压高，看上去没有别的症状，但高血压会对全身其他脏器造成持久破坏。"

而网友们，尤其是很多女网友关心的，则是能不能瘦脸。至于拔智齿的好处和不拔智齿的危害，却不那么关注。"每个人都是爱美的"，巩玺也很理解。她自己，也是很爱美的。每当有网友称赞她的笑容很有亲和力的时候，她都特别开心。但是，从小到大

的很长一段时间里，巩玺尝尝因为自己的笑而自卑。

如果用专业的说法来讲，巩玺属于"笑线高"的人群。也就是说，笑起来之后，露出的牙龈比较多，让人感觉笑得"太大了"。

最早意识到这个问题，是在很小的时候，巩玺的妈妈就经常提醒她，让她不要"笑得那么大"。巩玺说，因为自己不会对着镜子看自己大笑，所以"笑线高"这件事，都是家里人和好朋友对她讲的。讲得多了，她也就觉得，这好像的确是个问题。本来十成的开心，想到会露出牙龈，也只能笑个七八成。

"其实我并不觉得自己笑起来难看，但是总被别人说，这是会影响自信的。"学医之后，她开始决定要改变自己的"笑线"。"如果要做手术，那就要对上颌骨动刀，那是一个外科四级的手术。"巩玺说，有时候同事们做完一台手术，会开玩笑说让她"躺下来"解决一下上颌骨的问题。她经常动心，但每到关键时候还是"怂了"。

面对着"如果不能瘦脸，就不想拔智齿"的患者们，巩玺也常常想，自己要不要在脸上动动刀，让自己好看一点？

长得不好看，用不用动刀

一些动刀是不必要的，但另一些动刀是非常必要的。

本科五年口腔专业，硕博五年口腔颌面外科专业。所谓口腔颌面外科，如果用一种简单的说法，就是指"脖子往上，喉咙往前"的部分。巩玺的研究方向，更专注于其中的创伤和整复部分。"就是研究车祸、放鞭炮炸伤等熬成的'人还在，脸毁了'的问题。"一些外伤导致的眼眶骨折、眼球内陷，都属于巩玺的专业范畴。

学医 10 年，巩玺经历过很多口腔医学方面的疑难病例。出门诊之余，巩玺也会继续着自己的临床科研工作。每周 3—4 天门诊之外的工作时间她都会用来做调研、完成论文。高位笑线、睡眠呼吸暂停综合征、半侧颜面萎缩、唇腭裂等，都是她目前正在研究的课题。在她看来，门诊和科研两者缺一不可。

在巩玺看来，如果是有功能性的缺陷，会影响到正常生活的，那是一定要做手术的，比如车祸撞击、鞭炮炸伤等。另外一些可能影响健康的生理性、病理性缺陷，也有做手术的必要。但如果并没有影响正常生活，只是在旁人的眼光中"不够美观"，那大可不必做手术。

"如果牙有点突，不影响健康的话就可以不做。但如果'地包天'的程度太严重，导致影响功能，无法正常吃东西，那就需要通过手术治疗了。"

成年以后，巩玺通过打肉毒素、瘦脸针让咬肌萎缩等诊疗手段，解决了自己"笑线"高的问题。"通过微整的方式就可以了，就不必动刀了。"

医美的边界在哪里，是很多患者都没弄明白的一个问题。这也成了巩玺在知乎上发言的一个重点话题。如果只是做一些医美范畴内的治疗，相当于修修补补的微整形，只要经济条件允许，就是可以的。但如果要做整形类的手术，就是"动手术刀"，那一定要慎重。

但巩玺发现，到最后让一个爱美之人决定"在脸上动刀"的最关键因素，很可能是旁人的目光，而非自己的想法。"其他人觉得我不好看"，远比"我自己觉得不好看"更重要。

明白了这个道理之后，巩玺发现，却还是没办法说服所有患者和网友。"当你发现，长得漂亮可能给你带来经济收入的时候，比如升职、加薪等红利，长相就不只是社会问题和心理问题，还是经济问题了。"巩玺说，她宁可这个社会"虚伪"一点，大家都能"虚伪"地相互称赞。

如何健康地变好看

从 4 年前开始，巩玺多了一个身份——科普博主。在知乎上，巩玺用文字、图片、视频等多种方式，回答网友们提出的各种关于口腔医疗方面的问题。凑巧的是，在知乎上，智齿仍然是她被问到最多的一个问题，线上和线下达到了某种一致。"这也说明，我从事的就是大家最需要的工作。"

最早使用知乎，是她还在学校读博士的时候。那会儿同学们经常用，她也就跟着刷一刷，看一看撸猫视频，看一看做饭的小哥哥。但当时只"潜水"，不发言，使用的频率也不高。

真正开始深度使用知乎，是在她 2017 年休产假的时候。"那时候我也没什么事情，一边喂奶，一边就在知乎上提问、做一些回答。"当时，她看了电影《智取威虎山》后，在知乎上提了"杨子荣为什么要化那么重的眼妆？"这个看似奇葩的问题，竟然也引来了三五个人的回答，这让巩玺觉得，知乎这个平台好有趣。"那几个人的回答，还是那么认真的。"这让她对知乎的好感大增。

后来，她开始在知乎上记录自己的猫，那是一只她从小养到大的猫。"那会儿我还是个'0粉丝小透明'"，但她关于猫的文章，还是引来了几位网友的回复："真的有被感动到。"这又让巩玺觉得，在知乎上只要认真写东西，就真的会有人认真去看。

有认真的阅读者，有认真的回答者，上知乎的这两天，深深地吸引了巩玺。从那时开始，巩玺开始坚持在知乎上创作。

随着在知乎上实名、认证，越来越多的网友开始向巩玺提问。越来越多的网友，在听了巩玺讲述的拔智齿、洗牙、医美等话题的看法后，树立了正确的口腔保护、医美微整形观念。

有的网友为了瘦脸要去拔智齿，巩玺劝她，拔智齿不能瘦脸，但能让你的牙齿更健康。有的网友觉得自己脸大想削骨，巩玺劝她，你长得其实也挺好看的，削骨手术挺大的，非要折腾，要不要先去试试打个瘦脸针看看效果？

"一天从早到晚，我最多看30个病人，最多只能给20个人拔智齿；但在知乎，我的一条智齿要拔的视频，可能有40万人会看到，会影响40万人的选择。这个带给我的成就感，太让我满足了。"

正是认识到了这一点，更坚定了巩玺在知乎等网络平台上做科普的决心。在每周门诊、科研之余，巩玺拿出很多时间，在知乎上写回答、录视频。虽然不会成为全职的科普博主，但巩玺说，知乎对她的意义并不比医学的意义小。

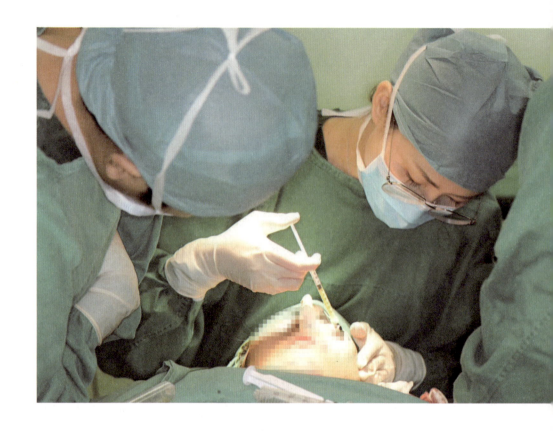

现在的巩玺有两个身份，一个是口腔医生，一个是科普大 V。正如穿着白大褂在门诊的时候，她会和患者们聊长相到底是生理问题还是社会问题一样，脱下白大褂，化好妆，面对直播镜头的时候，她有时候也会想：我到底是一名医生，还是一个网红？

在知乎上，她是个妥妥的大 V。也曾经有网红经纪公司找她，想要签约，把视频节目做成系列化的。但听到这些，巩玺就退缩了。她不想成为专职的网红。

口腔医生和科普网红，两个身份，她都需要；两个身份，也不矛盾。口腔医生是她的工作，是她毕生追求的事业。"我这一辈子都会做口腔医生，这一辈子也都不会离开北京大学口腔医院。"而科普网红，给了她社会认同感、自我成就感。

"我不会放弃工作，做专职的科普网红。"巩玺说，她的目标就是在做好临床和科研的前提下，做好口腔医学的科普，让更多的网友了解正确的口腔医学知识。

在知乎上，巩玺除了分享关于医学话题的看法之外，也把知乎当成一个记录生活的平台。临近高考，她会写下关于高考的记忆；谈起爱人，她会讲述同为口腔医生的丈夫的故事。

我自己，真的不好看吗

学医 10 年，从医 6 年，巩玺一直在"看脸"。

她曾经把"长得好不好看"看作医学问题，看成可以通过医疗技术手段改变的事情。但现在，她更觉得这是一个心理问题，一个社会问题。

"如果当年我的朋友们和妈妈没告诉我笑起来不好看，没让我别笑得那么大，那我可能每一次都能笑得更开心、更真诚。"巩玺说，笑起来露出牙龈，这又不影响身体健康，为什么就被认定是不好看的事情呢？只要旁人不说三道四，只要自己自信，每个人笑起来都应该是美的。

年轻时候的巩玺，会因为笑的时候露出牙龈而自卑。但现在，随着年龄增大，笑得越发放肆，即使牙花子都露出来，她也不那么在意了。原来，医美到了最后，不是生理问题，不是社会问题，而是自己的心理问题。

原来，在意的只是旁人的目光。

长得好不好看，原来是和旁人的目光有关系。"但我只是一个医生啊。"巩玺说，医学范畴内的事能管，医学范畴外的事情，比如社会问题，还有社会问题导致的心理问题，该谁来管呢？

06

双向奔赴：
原来你也在这里

我奔向你时，你也正奔向我。这大概是世界上最美好的相遇。不过，双向奔赴不一定是爱情，也可以是亲情、友情和激情。

它可能是传统与现代碰撞出的火花，不同人生的交会融合；

可能是共同兴趣激发的热爱与默契，缺一不可的完美搭档；

也可能是文化与记忆的化学反应，气味与事业的奇妙缘分。

万水千山也许注定相遇，我们一起奔向彼此，变现梦境。

「 木匠小强 」

榫卯、
镜头
与流水线

—

虽然在各平台拥有超百万关注者，但 30 岁以前，木匠小强的生活与互联网并没有太多交集。

他皮肤黝黑，话不多，喜欢穿工装，整天与木材、机器和木蜡油打交道。17 岁初中毕业，他就跟着父亲做学徒，满脑子想的都是"学好手艺，养家糊口"。

相比木匠小强，刘强这个名字少为人知。从使用斧凿锛锯到操作数控机床，刘强熟悉家具制作的每一道流程。但十几年摸爬滚打，他不是给别人打工，就是帮别的品牌代工，始终是木工行业里一个面目模糊的从业者。

直到哥哥刘刚加入，事情才有了转机。刘刚学习成绩优异，能言善辩，戴着时尚的圆框眼镜，耳朵里永远塞着蓝牙耳机。硕士毕业后，他在广告行业打拼多年，虽然已是公司高管，但天花板清晰可见，急着转型寻找出路。

弟弟刘强不甘于一直打工，希望创立自己的品牌，但苦于没有门路。哥哥刘刚见多识广，人脉深厚，但几次创业都找不到合适的方向，像飘在半空中。当见到弟弟做的极简实木家具后，他被这个古老行业的新发展震惊了。

这时，兄弟俩再次相遇，决定一起"用互联网的方式做实木定制家具生意"。

于是，不善言辞的刘强被推到镜头前，穿着工装，露出憨厚的笑容。头脑灵活的刘刚则在幕后，聚拢资源，用一篇篇内容吸引消费者。一对性格迥异的兄弟，两个对比鲜明的行业，共同造就了"木匠小强"的传奇。

工厂 "基因"

当刘刚第一次看到弟弟做的家具时，刘强正处于创业的低谷。

那是 2013 年底，刘刚从北京休假回家，在院子里看到了弟弟的手艺——一个线条简洁、不加修饰的实木书柜，在凌乱的作坊中散发着现代简约气质，彻底打破了他对于实木家具的刻板印象。

虽然是亲兄弟，但两人的人生轨迹完全不同：一个 "上大学出去了"，在大城市打拼，衣着光鲜靓丽，出入高楼大厦；一个初中毕业，进小镇工厂当学徒，在刺耳的电锯声和飞扬的锯末中谋生活。平时，兄弟俩交流并不多，刘刚一直以为弟弟做的家具是那种 "雕龙画凤、造型繁复" 的复古风格。

这种印象来自父亲，一个维修古典实木家具的老木匠。20 世纪 90 年代，老爷子曾经修过一张破损的清代实木床，被老板卖出了 200 多万的天价。后来刘强跟着父亲当了 3 年学徒，让刘刚觉得弟弟子承父业，做的仍然是传统的实木家具。

实际上，这个古老的行业从未停止进化，演变成许多流派，越来越符合现代审美。进入 21 世纪第二个 10 年，板材家具定制成为潮流，可以按照客户需求做成不同的颜色、材质、款式。实木家具定制的工艺也与时俱进，形成一个不可忽视的细分市场。

这次见面，成了兄弟俩创业的起点。

当时，刘强已经有了自己做品牌的打算，他做的第一件事就是把工厂从农村老家搬到镇上。"实木定制的难度在于全流程，每一件家具的长短、尺寸、功能都不一样，必须得有自己的工厂。" 在他眼里，工厂是实木家具定制的根基，是不同于那些代

创业初期，小强把自家院子里的小作坊搬到小镇上，但仍是小作坊

工品牌的"基因"。

　　但他的工厂一直处于紧绷绷的状态，搬完家一盘算，手头仅剩 4000 元，算上还没到账的家具尾款，刚够给 7 个工人发工资。

　　万不得已，他拨通了哥哥的电话。尽管背着房贷车贷，刘刚还是很快凑出 20 万元，解弟弟的燃眉之急。作为兄长，他很心疼这个小自己 6 岁的弟弟："小强很踏实，手艺好，但打工这么多年，一直赚不到钱。"

　　另一方面，多年积累的经验和眼界告诉他，在消费升级的时代，一条前景广阔的赛道正缓缓出现在他眼前。

激进的木匠

2014 年，兄弟俩共同注册了公司，名为"良禽佳木"。刘刚开始劝说弟弟抛掉其他活计，专注这种简约风的实木家具。

刘刚没有想到，也是这次创业，让他见到了弟弟"激进"的一面。

20 万元到账后，除了发工资、招人，刘强把剩下的钱都投到了设备升级上，更换了新的砂光机，添置了打榫卯的方榫机。他觉得，对刚刚脱离作坊形态的工厂来说，要生产实木定制家具，必须要有更加现代化的设备。

在公司起步阶段，刘刚凭借多年积攒的人脉，为弟弟拉来了不少客户。一次，他的朋友在北京举办摄影沙龙，委托刘强定制实木展柜。开幕仪式上，他花了一个多月打磨的展柜和家具意外成了现场的一个小焦点。

"餐会还没结束，就有 3 家订了衣柜，还有几家要定制书柜，最夸张的是接了北四环外的第一个别墅整体定制需求。"刘强兴奋地回忆。

有了订单，公司逐渐开始盈利。但一有进账，刘强又动了扩大工厂和设备规模的心思，"稍微有点喘息就是投工厂、投工厂"。此后几年里，兄弟俩先后开设了 7 座工厂，规模一路升级扩大，占地面积从 600 平方米扩大到了 15000 平方米。

至于设备，刘强更是有一种执念。当学徒时，他用的最多的是刨子、凿子、锯子和锤子，打榫卯的方眼时一不小心边缘就裂开，"简直是噩梦"。而现在，只需简单的操作，方榫机就可以精确无误地凿出孔洞，省劲又高效。

还有拼板工艺，原来把小板拼成大面需要专业的夹具，两小时拼完一块。现在出现了一种高频拼板机，只要把板摆好，涂上胶水，送进机器里处理、加热几分钟，出来就可以使用。

"说真的，我感觉除了坑蒙拐骗一夜暴富，科技进步是唯一一个能让人轻松的东西。"他调侃说，机械设备的进步能把重复的体力劳动变成"这头进，那头出"，极大地提升了木工的幸福感。

安全也是刘强不断更新设备的重要原因。在北京常营的工厂当学徒期间，他操作简陋的电刨时一不小心切到左手，无名指指尖伴着剧痛消失在锯末中。直到今天，他都不好意思让大家看到那根稍显残缺的手指。

这段经历让他的安全意识格外强烈，他把工厂的安全管理作为头等重要的工作，为每个工人缴纳社保、购买商业保险。

入行多年，刘强逐渐养成一个习惯，每年都要去参加供应商展会，寻找更高效、更安全的设备。

"2016年，他给我打电话，说买了一台30万元的数控机床，我说干吗使，他说现在还没研究明白，但肯定能找到会操作的人。"刘刚对弟弟少有的先斩后奏记忆犹新，"这是他脑子里的一种直觉。"

后来，这台数控机床果然在生产中发挥了重要作用，为提质增效立下汗马功劳。"在技术上，小强比我们更激进。"刘刚说，"他不是守旧派，愿意接受新鲜事物。"

用内容获得消费者

在木工行业打拼多年，刘强非常擅长工厂和技术，自称"厂狗"。但在创业中，也有很多事超出了他能力的边界。

比如营销。他精通怎么把家具做出来，但如何把家具卖出去，则是广告达人刘刚的强项。

刘刚自嘲是个"不安分"的人，本科毕业后考入中石化，一年后做到了一个加油站点的站长。但他觉得这种朝九晚五的工作并不是自己想要的，于是决定考研，毕业后进入广告行业。

其间，刘刚还和朋友几次尝试创业，但都以失败告终。这几年，他觉得广告业愈发内卷，"干什么都要比稿"，创意变得越来越廉价。长期扎在木工领域的弟弟向他求助，再次激起了他创业的热情。

2017 年前后，自媒体的潮水涌来，推平了传统制造业与消费者之间的渠道阻碍，刘刚决定绕过那些繁华的商场、高昂的租金和庞杂的经销商体系，直接用内容和消费者建立联系。

他辞掉了广告公司高管的工作，将全部精力投入到在线内容营销中。"只要我们依靠自己的生产，认真生产产品和内容，就可以得到消费者的关注。"他判断，在这个信息爆炸的年代，消费者也不想让中间商赚差价。"同样品质的实木家具，我们的价格往往只有商场产品的一半。"

在削减环节、降低成本方面，刘刚相信消费者和新型企业"在一个战壕里"，但有一个问题似乎无法避免——信息不透明。根据他的观察，实木家具行业"坑多水深"，很多商家自称实木，但实际上却用贴皮的板材或者质量低下的木材滥竽充数。

他注意到，创业初期，经常有客户请弟弟帮忙，辨认自己买的家具是不是真实木。问得多了，他觉得这是一个普遍问题，于是邀请弟弟在知乎上科普实木家具的相关内容。

"我们做实木定制的，非常适合愿意做功课的'成分党'。"刘刚认为，凡是低频高价的商品，大概率会存在"水比较深"的情况。因此，用户非常需要知乎这样的科普平台，搜索信息辅助决策，"这就是知乎的价值"。

同时，刘刚坚信，互联网时代，好的产品自己会说话。当工人去客户家中安装时，他征得客户同意，用镜头记录下家具安装完成的效果，有时也会自己出镜，解说工艺用料和定制思路。

不同于那些高大上的产品"定妆照"，这种"所见即所得"的传播方式具有强烈的代入感，让很多用户在不知不觉中"种草"。

除了拍家具，刘刚还喜欢拍工厂。刚开始委托工人拍，后来自己专门带着器材去拍。他觉得，那些在轰鸣噪声中拍的工人和设备照片，让客户"看到了品牌的根基"，进而产生一种信任感。100万、200万、500万、1000万……良禽佳木的营业额迅速增长，在实木定制行业声名鹊起。虽然定制周期长达三四个月，但仍然不断有用户通过知乎、微信公众号等平台找来。

刘刚非常善于拉近和消费者的距离，很多爆款产品都以第一个定制者命名，比如为罗振宇定制的"罗胖桌""罗胖椅"，广受好评的"飘飘家的书柜""Light书柜"等。

这些案例发到网上后，"木匠小强"很快收获了大批关注者。刘刚曾经分别遇到两个朋友，他们指着手机里收藏的照片说，"我

现代化的工厂

想做一款和这个类似的家具"。以往，他们的主要客户集中在北京，但自那以后，全国各地的订单纷至沓来，最远的一单来自南半球的澳大利亚。

刘强也深受触动，从来没觉得互联网离自己的生活这么近，他不再是那个面目模糊的木匠，而是一个原创品牌的鲜明符号。

你们俩少一个，我们都不会投

原来的工厂已经无法满足生产需要，2017 年初，刘刚提议在上海附近再开一家新工厂，服务南方省份的客户。

经过同学介绍，他最终选定江苏南通的地级市如皋。但热衷于折腾工厂的刘强第一次表现出犹豫和不安："我觉得那边太远，也没有什么朋友，怕被坑。"打工的十几年里，他很少出远门，最常去的地方就是距离老家 60 公里的北京。

但刘刚觉得不能再等。客户来了接不住，对品牌来说是巨大的伤害，也是巨大的损失。在回去的火车上，他一直在开导弟弟，要"放眼全国，拓宽视野"。

刘强被说动了，决定走出舒适区。如皋工厂正式开工，宽敞的厂房内是一条崭新的、更加现代化的生产线，分为下料区、拼板区、加工区、组装区、擦蜡区和包装区。为了这条生产线，刘强专门跑到广东佛山购买设备，还单独定制了一些专用设备。

如皋工厂完工后，兄弟俩又决定将老家三河的工厂搬迁到天津宁河，马不停蹄地扩容升级，引入生产线。

在刘强为工厂建设奔波时，哥哥刘刚在筹划更长远的事情——引入投资。"当时我们计划在北京设办公室，招内容团队、财务人员、设计师，把体系建立起来。"他解释说，"如果有更充足的资金，你想干的事就都敢干。"

他之前找过不少投资人，但因为规模小、周期长，"经常被别人 diss（轻视，鄙视）"。随着如皋和宁河的工厂陆续投入使用，营业额持续提升，在投资明显缩紧的 2018 年，开始有投资人主动找上门来。

其中，投资机构 IDG 资本的经理头一天和刘刚打电话聊了两个小时，第二天就从广州飞到北京，去宁河工厂参观。经过一番细致的考察和调研，IDG 资本决定联合定制家具巨头索菲亚投资 1000 万元。

"那几条生产线对我们吸引投资来说非常重要，让人家看到了可能性。"投资人告诉刘刚，除了硬件，他们更看好兄弟俩这种"工厂＋内容"的商业模式，"你们俩少一个，我们都不会投"。

开放心胸，吸收宇宙能量

关于投资，刘刚看重的不仅是钱，还有背后的视野和资源。

IDG 资本不仅自己投钱，还引入了板材家具定制行业巨头索菲亚的资源，这是让他最动心的地方。兄弟俩受邀参观索菲亚现代化的定制工厂，学习工厂的建设、布局和生产流程，感觉"非常受启发"。

当时，他们仍然采用人工录入订单的方法，设计师跟客户沟通完方案后传给工厂进行生产，如果客户有改动，需要再次上传方案，错漏时有发生。

随着订单量增多，沟通不畅带来的问题成倍放大，客户抱怨增多，工厂也遇到了严重的生产瓶颈。

刘刚和刘强向投资方反映这个问题后，IDG 资本带他们去一家使用客户订单管理系统的衬衫定制企业参观，跟技术开发人员交流，这套系统自动保存客户做出的修改，订单信息直达车间，其高效率让兄弟俩印象深刻。

"这次跨行业的交流对我们触动很大。"本来，开发这样一套系统费时费力，特别是 100 万的资金投入，几乎与投建一座工厂相当，一度让刘刚和刘强犹豫摇摆。但经过这次参观，他们决定"咬着牙也要上"，并专门从一家汽车制造企业挖来专家负责系统研发。现在，这名专家成了他们的合伙人，也是工厂系统管理的负责人。

如今，这套客户订单管理系统已经上线应用，订单传送、修改、拆单、生产都有明确的记录，每个设计师的签单情况一目了然。

"钱花得挺值。"刘强笑着说，随着时间推移，当年 1000 万的年销售额逐渐增长到近 1 亿，"如果还是按照原来的方法管理早就崩溃了。"

作为一个传统的木匠，看到这个历史悠久的行业被工业化、信息化浪潮向前推进，刘强时常感到一种"震撼和冲击"。作为新技术的拥趸，他一直在追赶时代潮流，自学画图软件，追逐最新的工艺和设备。

目前，他正在研究工厂的精细化管理，专门聘请做精益生产培训的老师驻厂，梳理、改进生产流程。工厂地面铺设了地轨线，原来需要两三个工人运送木料，现在一个人就能轻松完成。生产的各个环节配合越来越精细，"原来生产产品，只能告诉客户大概几周完成，现在可以精准到天"。

在内容生产上，刘刚也开启了横向交流，带领内容团队到不同行业的头部自媒体拜访，交流创作经验，洞察消费者需求。他把自己的创业心得写进了企业文化中——"开放心胸，吸收宇宙能量"。

"如果你们去年来，当时的我们和现在的我们可以说是两家企业。"坐在工厂崭新的会议室里，刘刚忍不住感慨，这并不仅仅是说工厂规模越来越大，产品越来越丰富，而且是生产流程、技术安排、内容运营这些内部流程，为了适应未来进行了脱胎换骨的变化。

"实际上是整个团队的运转逻辑发生了变化，这是我们信心的来源。"

在知乎记录创业时代

创业 8 年，刘刚和刘强以"木匠小强"为切入点，参与到更广阔的时代舞台中。抛开展示和营销属性，知乎对这对创业兄弟最为独特的价值，就是记录他们对行业和时代的思考。

他们身处一个古老而又崭新的行业，时常能感觉到中国人那种既留恋传统，又义无反顾奔向现代化的矛盾心理。

"到工厂参观之前，很多客户都以为我们是一群穿着围裙的老木匠，拿着刨子、凿子抠家具。"每当这个时候，刘刚总感觉哭笑不得。

事实上，木工行业被赋予了太多文化内涵，是古老东方智慧的代表。刚入行时，他甚至也在想，"我们是不是也要朝着这个方向发展？"

在真正接触生产型企业之前，刘刚作为一个善于讲故事的广告人，天然容易被"手作"这样的概念打动。但深入工厂这颗制造业的心脏后，他感受到的是铁一般的客观规律："手作虽然很动人，但提供的东西始终是非标的、少量的，不是真正意义上的现代工业。"

刘刚特别能够理解大众那种"害怕某种手艺失传、某个传统消失"的心态。但作为一个木匠的儿子，他给出了一个乐观的观察视角。

以被誉为木匠"灵魂"的榫卯技艺为例，那些精密的、巧夺天工的榫卯结构被写在书本上，放在博物馆里，以艺术的形式彰显着古人的智慧。而那些被大规模应用的榫卯并不复杂，"都是基础性的"，在现代工艺的改进下变得更精准、更稳固、更耐用，继续在实木家具组装中发挥重要作用。

另一个经常引发刘刚思考的问题是，他们是一家不起眼的传统制造企业，但又嵌在全球化生产体系的网络中。北美进口的标准烘烤木板，产自德国的木蜡油和五金件，漂洋过海进入他们的

现代家具生产早已经不再是拼"手作"，而是要靠现代化的设备、管理和流程

工厂，制作好的实木家具再通过四通八达的立体交通网络发往全国各地，装饰一个个普通中国人的家。

交通的拓展，大大加快了资源流动的效率。刘强对此也深有体会。不管是去考察木材，还是往来于几个工厂之间，他都已经习惯了高铁的快速和便捷。他们的设计师团队背着包，坐地铁往来于城市的街区之间，为业主提供量尺服务。他们的许多客户开车甚至坐飞机，到工厂实地参观。

"效率提高了，中国变小了。"刘强在一篇知乎专栏文章中感慨，"刚学木匠时，感觉出个省都是大事了，可是很远很远的地方，现在觉得就像去趟县城。"

得益于中国强大的基础工业能力，以及在这个基础上丰富的资源整合与专业分工，他们可以买到专门为实木家具行业定制的大型设备，可以找到专门服务于工厂的精益生产咨询师，也可以找到覆盖全国的物流公司。

这一切，都与时代息息相关。在"你是什么时候感觉到'中国强大了'"的问题下，他记录下自己创业以来的所见所闻：全球范围内的货畅其流，全国范围内的立体交通网络，全网范围内的便捷交易平台，越来越强的装备制造……

在回答的最后，就像对着这个奇妙的时代许愿一般，木匠小强写道："希望我们这个小小的品牌也能跟着一起长大吧。"

「 羽则 」

挚爱足球
的
答主搭档

—

「 内德 」

羽　则

10年前，我苦学考下CPA（注册会计师），没想到今天扎扎实实地用在了分析足球经营上，还成了一种独特的优势。

2011年12月9日下午两点，一列从慕尼黑开出的火车，静静地驶向巴黎。

正是午饭后打盹儿的时间，车厢里静静的。一个德国人懒洋洋地翻着足球报纸。"曼联欧冠小组赛出局了，"他把脸扭向正在打哈欠的同伴，"话说，曼联怎么还好意思叫红魔？真正的红魔，不该是拜仁吗？"

"你们说的，是那个成绩糟糕，刚刚换了教练的拜仁吗？"对面的英国人从报纸后探出头来，微笑着调侃道，"拜仁是红魔？别开玩笑了。"

"弗格森已经70了，战术理念还停在上个世纪吧。"德国人回敬道。

"拜仁新签约的诺伊尔，会守门吗？"英国人放下报纸，坐直了腰。

"那也总比曼联的黄油手巴特兹好吧。"德国人的同伴"补刀"。

英国人摊开手，耸了耸肩，苦笑着摇摇头，不再反驳。三人一起轻声笑了起来。

听到足球话题，羽则瞬间有了精神，操着不算流利的英文加入了对话。"说到门将，拜仁倒是有个很有意思的老门将，名叫迈耶尔。"

几个老外一回头，发现面前的是个亚洲面孔，非常吃惊。"这位滔滔不绝的哥们儿，你是哪里人啊？"

"我是中国人，虽然是中国球迷，但对足球的了解不比你们少。"羽则接着说，迈耶尔正是卡恩的教练，他为拜仁培养出了许多著名守门员……迈耶尔这个老哥挺有意思，一场比赛里，有只鸭子跑进了球场，怎么也赶不走。最后，他用一个标准的扑球动作，逮住了它……

就这样，几个人越凑越近，越聊越投机，车厢里充满了他们的欢笑声。

火车缓缓停在巴黎时，四人刚刚拼出世界最佳442阵容，意犹未尽。

回忆起10年前这个故事，羽则依然兴致盎然。"足球能快速拉近人与人的距离，即使语言不通、文化不同，大家也能成为朋友。这就是足球的神奇魅力！"

把吹过的牛实现了

2008年羽则大学毕业，进入一家国企工作。发现"从工作内容到人际相处都和自己高度不兼容"后，羽则一度浑浑噩噩，整天抱着游戏机。痛苦的反思中，偶然间他冒出个念头，怒而写了条QQ说说：我要考注会。

第二天，同事圈传遍了这个新闻，并启动了群嘲模式。客气的当面问："你没学过会计，从入门到考试是不是太难了？"不客气的背后议论："这小子天天NDS换PSP（手持式游戏机），懒

成这鬼样还想考注会？吹牛也不打草稿"。

认为这完全不能忍的羽则，从此发力。他从一本《基础会计》起步，边工作边自学，一年考两门，4 年硬是把 CPA 考了下来。

这个故事，被羽则写在知乎回答里。问题是——你有没有那种把自己"吹过的牛"实现了的经历？

回答里，他还举了另一个例子。拿下 CPA 后，他到一家会计师事务所工作，过着 8-10-6 的生活，但待遇远没有承诺的好，同事们都有意见。某天，三四个人在餐厅一起吐槽。说到群情激愤时，羽则说了句："我在家工作估计都比现在拿得多。"同事 A 掉转枪口，说："吹什么牛，在家怎么赚钱？！"

不久后羽则辞职了，开始写足球，开专栏，出书……后来，同事问起收入情况，羽则如实相告，话又传到了前同事 A 处，大概是 A 收入的三倍。

"哈哈哈，"讲到这里，羽则的笑声音量明显放大，"当然，更多的是吹过的牛，最后没实现，哈哈哈。"

足球，绝对不止场上那 90 分钟

羽则的知乎专栏，名叫"足球，绝对不止场上那 90 分钟"，"我不只是关注比分，而是对足球的整个产业、整个体系都感兴趣"。

1997 年，羽则跟随父亲看起了足球。风头正劲的意大利球星皮耶罗，是他的偶像。他也上场踢球，学生时代常司职边后卫，工作之后偶尔踢球，还曾担当后腰的"重要"位置。至于为什么没有去前场冲锋陷阵，羽则笑笑说：你懂的。

踢球、看球之外，羽则对"写球"更有感觉。高中时就曾在知名体育杂志《足球俱乐部》发表了一篇文章。"和别人不一样，我不光看谁进了球、谁犯了规，我会想各种各样的事，比如教练如何排兵布阵，俱乐部如何买卖球员等等。"

2014 年，羽则辞掉审计工作，加入一家贸易公司，工作时间有了更多弹性，"适合我这种内心里有一头自由野兽的人"。自此开始，羽则有了更多时间看球、写球。当年 6 月，巴西足球世界杯大幕拉开，羽则就此开启足球写作之路。

"因为掌握了财务会计方面的知识，我能看懂很多一般人不懂的信息，比如俱乐部的季报、年报、数据分析等等。"对数字极其敏感的羽则，往往能结合各种数据，对足球比赛、球队运转、行业发展做出独到犀利的评论。

他创作的多个内容声名远播，《"孙兴慜经济学"，两万亿韩元的亚洲球王生意经》《资本带来欧超，足球走向割裂》……开始视频创作后，他还陆续推出了《巴萨果冻、皇马比萨，营养师在给球员吃什么？》《C 罗并不是每天只吃鸡胸肉》《体能不只能跑那么简单！足球豪门教练揭秘如何科学训练》，等等。

网友评论说，羽则的创作，不仅数据翔实可信，还带着营养学、生物学、心理学等多种视角，内容丰富有营养，在体育圈非常难得。

之所以能够持续做足球科普，羽则认为主要是来自于旺盛的好奇心。"一支豪门球队，几百个工作人员，他们都在干什么？产生什么价值？俱乐部如何买卖球员，如何获得比赛奖金、门票和转播收入？欧洲的几大联赛，为什么能上百年屹立不倒？"我对这一切问题都充满好奇，所以不断去寻找答案。知道的越多，就越想知道的更多。好不容易知道了，自然想分享给别人，得到了粉丝的正面反馈，更增加成就感，让我更愿意做下去。"

内　德

当大多数同龄球迷爱上罗纳尔多、贝克汉姆时，内德成了捷克国脚内德维德的"人蜜"。因为着迷于内德维德坚毅的性格和跑不死的精神，所以对尤文图斯青睐有加，把全队都有不死鸟精神的利物浦当成心中主队。内德的知乎简介是：实习段子手 / 足球战术学徒 / 实战技术水平取决于手柄灵敏程度。

内德的故事，契合外界对山东人的固定认知——全家都是公务员，自己是个检察官。

如同超人一般，下班脱掉检察官制服后，内德就变成了另一个人。与本职工作中的严肃、冷峻截然相反，作为圈内颇具声誉的专栏作家，足球世界里的内德，是典型的情绪冲动型选手，以情感真诚饱满、文风逗比幽默著称。

内德无时无刻不透露着对主队极度忠诚的狂热喜爱。为了利物浦，可以熬夜看球，可以放弃休假，可以跟他人争吵到面红耳赤。

好像是火山必须找到喷发口，内德对足球的狂热情感，最终以写作来抒发。利物浦在2019—20赛季首次夺得英超冠军，你有什么想说的？利物浦前景如何？有哪些看点？知乎的这些问题

下，都留下内德精彩的回答。

2018—19赛季，欧冠半决赛次回合，利物浦在首回合0∶3落后的情况下上演绝地翻盘，4∶0赢下比赛，以总比分4∶3逆转淘汰巴塞罗那。守在电视机前的内德，一气呵成《这里是安菲尔德，请相信奇迹！》。

文章的最后，一种荡气回肠已经喷薄而出："斗酒扬鞭英雄志，碧血挥洒铸丹青。渡过险滩暗礁，眼前便是繁华盛景。这该死的足球。真美！"

极度热爱的事，不该成为职业

内德8岁看球，15岁写球，18岁励志成为足球记者。小时候的内德并不擅长踢球，小学时当过门将，初中后便是"球场边饮水机的长期看护"，大学成为BBS上小有名气的足球版主。面临就业时，内德拿不定主意，专程去江西南昌，拜访了《足球俱乐部》杂志主编。深入谈话后，却最终决定放弃足球记者这个职业。

最终的改变，是因为那天的谈话中问主编的最后一个问题："您这么喜欢足球，天天做足球这个工作，是不是很高兴？"

主编说：当你钟情于一件事时，你会充满兴趣，充满动力，这时你是幸福的。但是当你钟情于一件事时，你就会有观点，有态度，有情绪，有偏执。而记者的工作，又要求你跳脱个人情感，用客观、理性去面对。这时，你爱得越深，就越痛苦。

这番话深深刺痛了内德。"极度热爱的事，也许恰恰不该成为自己的职业。"

　　这样的安排，的确帮助内德同时兼顾好了两份事业。本职工作的 8 小时，可以保持公正、客观、理性、严谨；下班后，又可以尽情沉浸在热爱的足球世界。不把足球写作当成必须的工作，才恰恰能够持续这份热爱，得到最纯粹的快乐。

　　时间的限额，对热爱是残酷的。"你为足球做的最大牺牲是什么？"在知乎这个问题下，内德的回答是"觉"。欧洲的足球比赛往往在北京时间凌晨举行，一遇到欧洲杯这种连续的深夜比赛，内德就强迫自己晚上 8 点上床睡觉，凌晨 3 点起床看球，5 点比赛结束，就抓紧写文章，8 点出发去上班。这样，两边都不耽误。

　　"以前通宵看球也没问题，现在熬不动了，必须要把睡觉的时间留出来。我最得意的天赋就是睡眠不成问题，想睡就能睡着，可以调节好。"

　　除了比赛日调出时间看球，每个周末，内德还会拿出一天时间，集中创作。因为热爱，所以创作并不觉得辛苦，反而是一种放松和充电。自由地表达，粉丝的反馈，带来了更多的成就感。

幸福地生活，开心地创作

　　内德在知乎上的创作，绝大多数跟足球相关。但也有两个不相关的回答，获得了高赞。

　　公检法人士接到诈骗电话是什么样的体验？内德在回答里讲了个真实的故事，让全家笑了好几年。

我在法院工作的时候，我奶奶曾经接过一个诈骗电话。骗子：你好，我是××法院的（恰好是我工作的法院），我这里有一张你的传票。

奶奶：（十分激动地打断骗子的话），什么船票啊？我孙子给我买的船票啊？真孝顺 balabala……

骗子：（内心崩溃）不是船票，是传票！你涉嫌××……

奶奶：（再次打断）在哪儿上船啊？去哪儿玩啊？几点的船啊？

骗子：跟你说不清楚！！！然后，骗子就把电话挂断了。

再然后，我奶奶很惆怅地给我爸打电话说："孩子给我买了船票，法院的给我打电话，我脑子不行，到最后也没搞清楚在哪儿上船，人家说跟我说不清楚。唉……"

最后，内德替骗子埋了单，带着奶奶去坐了船。

另外一个问题是——原生家庭非常幸福是怎样的体验？内德表示"为了爸妈，强答一发"。

1. 爸妈都有一份不错的工作，从小衣食无忧。

2. 能满足我的尽量满足。四岁的时候我爸给我从日本带回来一台红白机，我爸我妈和我三个人轮流组团打绿色兵团、魂斗罗；小学的时候我趴在街机厅里看别人打游戏，我妈知道了给我两块钱让我去玩，第一款游戏打的是名将；初中时家里买了电脑并且开通了猫上网，从来不需要躲躲藏藏，写完作业就可以玩，我爸还给我买过几款正版游戏；我爸本身做与计算机相关的工作，所以鼓励我拆装电脑，随便折腾。

3. 喜欢的书随便买，我妈给我买了全套《七龙珠》和《阿拉蕾》，每出一卷就买一卷。同时也不停地给我买《红岩》和《钢铁是怎样炼成的》。

4. 鼓励我交不同的朋友，欢迎所有小朋友来家里玩。每逢寒暑假我家就会变成小朋友的俱乐部，一起写作业一起打游戏一起打牌。初中的时候曾经和同学在我家用大幅世界地图和兵人创造了一款游戏，现在想来那应该是桌游的雏形。

5. 学习一直以鼓励为主，当然我的成绩一直还不错。高考之后想让我去报医学，我不喜欢，所以报了法学。父母全程只提参考意见，没有任何干涉。

6. 毕业之后工作让我选自己开心的。中间曾经有一份光宗耀祖的工作摆在我面前，我不喜欢，亲戚们就轮番到我家做工作，父母也有些动摇。我跟我爸说："我不想用 25 岁到 45 岁的不快乐去换取 50 岁之后的安逸。"我爸妈听了之后开始替我做其他亲戚的工作。

7. 和父母都有共同语言，每天会拿出一段时间和他们俩聊天，和我爸周末会一起喝个酒，聊上几小时，每周都会至少花几个小时陪我妈看肥皂剧。

8. 对我的写作等等业余爱好完全支持，出版第一本书之后我爸马上订购了一百本，并且戴着老花镜开始逐字逐句地阅读。虽然是他完全不懂的领域，但是三天之后，他开始和我讨论书里的内容并且把他觉得还可以修改的地方标了出来。

9. 我下辈子投胎还想做他俩的孩子，然后我问他们俩：

"下辈子你们还想生我养我吗？"他俩的回答是："当然！"

世界上可以没有内德，但不能没有羽则！

2014 年，内德和羽则由于写作相识，然后一见如故。

两人创作风格迥异，相互欣赏，很快发现，两人在性格、爱好、观念上几乎完全一致——热爱足球，喜欢游戏，对电影、动漫、读书，都曾经把尤文图斯和利物浦当成主队，对足球产业发展也有着几乎完全一致的认识。两人笑说，该回去问问各自的父母，是否曾有个走失的孩子。

2015 年，因多篇文章阅读量惨淡，羽则非常失望，几度想要放弃。内德知道后极力挽留。"你的创作视角独一无二，放弃太可惜了！足球世界里可以没有内德，但不能没有羽则！"

内德分析说，羽则的独特优势在于通过财报等专业数据，分析论述俱乐部和联赛的经营状况，这样的"硬核"内容接受门槛较高；同时，羽则的文字风格严谨、专业，但比较生涩，缺乏"网感"。因此，内德提议："你的专业内容，和我的逗比风格结合起来，试试！"

没想到，这一番不经意的劝慰，收获了奇效。当年 9 月，羽则写了一篇文章，讲述欧洲足球赛场的积分计算问题。然后，内德用自己的语言风格，对文章动了"大刀"。

欧洲足球赛场比赛众多，除了各国自己的联赛，还有欧冠、欧联，一些国家还有足总杯、国王杯等等。参加这些比赛需要什么资格？积分达到多少才能晋级？各比赛之间怎么发生联系？这些问题，很多球迷一直一知半解。羽则和内德合作的文章，清晰完整又深入浅出地解答了所有疑惑，发布之后得到圈内疯狂转载。网友留言称：困扰了多年的疑问，终于找到了答案。"内德和羽则联手，写得太通透，读得太爽了。"

搭档组建首战告捷，深度合作很快提上日程。两人商量后，决定做一系列文章，"把球迷知道点但不普遍深入的盲点"科普出来。2015 年 9 月，两人列好提纲。两个月后，"内德羽则说"正式面世。

2017 年 11 月，内德和羽则的连载专栏"英超风云"集结成书，出版发行。2019 年，《西甲风云》出版，赢得一片好评。巴塞罗那足球俱乐部亚太区负责人，看到《西甲风云》后连连称赞，"西班牙也没有出过这样的书，如此深入、透彻地解读西班牙足球的历史和生态"。他专门讨了几本书回去，此后的每周一早晨，读两章《西甲风云》成为他们团队的固定工作。

提前约法三章，建立绝对信任

合作亲密无间的二人，直到 2017 年《英超风云》即将出版前，才终于因赴京与出版社协商，第一次见面。协商顺利完成后，两人把充足的时间都留给了压轴节目——窝在酒店玩 FIFA（一款足球竞技电子游戏）。

直到今天，两人在真实的世界里也只见过两次。二人的居住地之间相隔了数百公里，却并没有阻碍彼此的绝对信任。

"我们事先设定了沟通的两个原则。一是先发火的先赢。如果有一个人先发火了，不管对错，对方就一定要保持冷静。二是如果分歧很大，讨论最多不超过 20 分钟，先搁置，以后再说。"内德说，事先的约法三章，成了维系友情的法宝。"当然，主要还是彼此的性格和观念太一致，信任很早就建立了。"

羽则说："我们从不在工作量上斤斤计较，干多干少无所谓，本来就是因为热爱才创作的。在经济上也绝对信任，我们并不知道对方去谈的合作项目到底获得多少收入，但没人想过查账。除了特殊约定的单人项目外，不管谁收到钱，就把一半汇给对方。"

2021 年 2 月，经纪公司跟"内德羽则说"签定代理合同，要求两人提供各自的银行账户。两人不约而同地表示，"只留一个账户就好"。经纪公司感到诧异，说，你们明白只留一个账户，意味着什么吗？

两人异口同声："明白！留两个麻烦，留一个省事。"

创作愈发高大上，足球拥抱中国

两年来，内德羽则的一些新创作，高大上得让网友震惊。和西甲官方合作，获得中国唯一的采访资格；受邀参加巴萨俱乐部一年一度的运动科学峰会，深入采访巴萨创新中心，拿到他们关于睡眠研究、康复训练研究的一手资料。

有关注者揣测，内德羽则一定是有什么特别的背景。对此，羽则笑着回应：只是多年坚持，雪球不断滚大了而已。

羽则曾多次去欧洲旅行。每到一个城市，就想办法去看一场球赛。没有比赛，也要去球场留影。遇到喜欢足球的人，他就上去聊天，不管对方会不会说英语，能不能听懂他的英语，比画着聊……

切尔西球馆外，羽则曾和一个出来抽烟的球场保安聊了半小时。爷爷就是切尔西球迷的他，从小就盼望能为球队效力。无奈球艺不精，只能当了保安，但他对此十分满意，"不仅能看球，还有几个明星球员认识我！"

在意大利佛罗伦萨，羽则早起遛弯，碰到当地青年队小球员正在晨练。两人比画着，聊了好多青训营里的故事。"这种真切的资讯，职业足球记者也未必有机会知道。"通过他，羽则认识了一个意大利足球记者，打开一片新天地。

内德羽则持续创作足球内容，逐渐建立起品牌，得到了正力求在中国市场扩大影响力的欧洲足球机构的注意。西甲亚太区市场负责人辗转联系到羽则，洽谈深度合作。"他们也希望尝试些新鲜的推广方式，所以不找传统媒体，找我这样的自媒体。"

于是，羽则陆续有了一系列神奇操作。他受邀去昆明看了西甲希望杯，见证了巴萨 U16 队一路碾轧夺冠，写出了《对比西班牙青训，我们到底差在哪儿？》。他采访巴萨创新中心，做了"为什么营养师给梅西吃果冻"等有趣的揭秘和解读。

"中国有越来越多的人看足球，足球也越来越多拥抱中国。"内德说。中国资本走向世界，买了多支欧洲球队。欧洲的比赛，在场地和时间的选择上，已经开始关照中国球迷。各地举办越来越多的友谊赛、邀请赛，加强与中国市场的交流。因此，足球内容在中国有了更大的市场，有了更强的生命力。

10 年前，羽则从不曾想到，写足球可以养家糊口。但望向明天，他觉得足球创作一定是终身事业。"足球比赛一来，就忍不住去看，情绪一激动，就又忍不住写了！"羽则说。

内德和羽则在这件事上依然一致：会一直创作下去，直到自己做不动，或者实在没有人看的那天。

「 摸摸谢 」

闻香识人生

—

谢佳眉最近有些焦虑。为了一个跨界的创业项目，她从深圳搬到上海，在酒店里住了一个多月。

身处陌生的环境，产品规划、招聘、了解供应链……诸多事情一股脑涌来，她必须做些什么消除不适感，于是把在深圳常用的香水带来，"穿"在身上，那些熟悉的气味能让她得到一种抚慰。

作为一名曾经的评香师，谢佳眉相信香水的魔法："越是感性、越是抽象的东西，跟我们的情绪建立起的关联越根深蒂固。"

香水是她看待世界、了解他人的方式之一。闻到路人身上相得益彰的香气，她会莫名产生好感，遇到有人用山寨产品，则会在心里帮对方挑选更合适的香水。

在知乎，谢佳眉更广为人知的身份是答主"摸摸谢"。从 2012 年开始，她在知乎上普及香水知识，分享自己对这个行业的理解，如今已有近 43 万关注者。

香水极大地丰富了她的思考和眼界。那些诱人的液体，仿佛浓缩着充满冒险精神的大航海时代、东西方文化的交流与碰撞，以及人类对美的永恒追求。

对她个人而言，香水里藏着童年记忆、天马行空的想象、创业的悸动与密码。自从 23 岁进入这个行业，谢佳眉越来越觉得，一瓶小小的香水里，装着一个瑰丽的世界。

神秘的评香师

谢佳眉和香水结缘，像是一场命运安排的邂逅。

她大学的专业是法律英语，但志不在此，一心想进入一个小众行业，找工作时看的都是"常人不会想到的"机会。大四时，她偶然参加了一家香精外企的招聘会，从此误打误撞闯入香水的世界，辗转成为一名评香师。

"你可以把评香师理解为香精行业的产品经理。"谢佳眉这样解释自己的职业。工作中，评香师负责把客户的需求转化成行业语言，跟调香师沟通，进行更加精细的搭配。作品完成后最终能否推向市场，也是由评香师决定。

这份工作需要人量的嗅觉训练。谢佳眉每天工作的第一件事是闻五款香水，"这叫'早闻'，类似上学时的早读"。

每天，她要闻数十款香精或香水。闻得足够多，才能逐渐积累起自己的香气数据库，确保当客户想要一种产品时，可以第一时间在脑海里想象出匹配的香气。

在外人眼里，评香师是一个颇为神秘的职业，经常有人跑来问她各种问题。时间长了，谢佳眉在知乎总结出了经典的"评香师五问"。

会不会闻到鼻子"聋"了？短时间内闻大量（尤其是气味相似的）产品，会觉得什么都闻不到，或者闻什么都是一个味儿。这时，只需要暂停几十秒嗅觉就可以恢复。

自己平时会不会用香水？上班不能用，平时用不用看个人，至于谢佳眉自己有使用香水的习惯，"闻到好闻的产品，当然要据为己有"。

感冒了是不是就不能上班了？经过专业训练的鼻子，就算感冒也可以保持工作状态，但"感冒会影响工作，继而影响考核，继而影响加薪，继而影响升职，所以，健康很重要"。

需不需要嗅觉很敏锐？嗅觉灵敏会是加分点。但是"嗅觉记忆"是一个累积的过程，正常人的健康嗅觉，通过长期训练，也可以记住以及分辨许多原料和产品。

是不是不可以抽烟喝酒吃辣？上班时间避免，生活里不滥用。

调出让人想存钱的气味

在香精香料行业，一代代从业者根据不同原料的特质，赋予它们不同的感情色彩。

水生调清新、甜食调甜美、花香调浪漫、木香调沉稳……置身于芬芳的气味中，谢佳眉体会到一种前所未有的新鲜感：这工作就像常用于香水初调的柑橘香，清爽明快，为她的职业生涯带来明亮耀眼的"出场"。

除了对味道熟悉，评香师还需要丰富的想象力。谢佳眉曾为一位银行大客户设计室内香氛，对方要求香氛闻起来"很值得信任，让人很放心地把钱交给他保管"。

"这说的可是迷魂药？"她在心里忍俊不禁，但大脑已经开始思考，如何把这个抽象的想法化成气味。

反复琢磨后，谢佳眉和同事一起设计了一款中性香水味道。

这是一款经典的馥奇香，一扫甜腻之感，香味伴有青翠的草木香韵，"有点老派，不轻浮，让人联想起睿智稳重的长者"，有种放心的安全感。

"把抽象的想法用具象气味去演绎，又被主观的嗅觉所接受，这是最让我兴奋的过程。"工作中，她和调香师合作过青花瓷的味道、云朵和星辰的味道。这些天马行空的作品，不断丰富着她对香水的理解。

"香水之美，在于气味的抽象，它能给予每一个闻到它的人不同的感受。"在英语中，"用香水"是 wear perfume——穿香。谢佳眉觉得，和穿衣搭配一样，用香水也是一件仁者见仁、智者见智的事情，"你的感受，便赋予了香水内涵"。

不把香水势利化，而是生活化

进入这个行业以前，和大部分人一样，谢佳眉觉得香水是一件遥远的奢侈品。但推开香水世界的大门后，她越来越觉得，香水，乃至香气，不应该是奢侈品，而应是"为日常生活增添美感的点缀，是带来嗅觉愉悦的事物"。

她曾经迫不及待地想和人们分享关于香水的知识，但打开互联网一看，关于香水的资讯不仅少得可怜，而且错漏百出，甚至一款香水的名字都会被拼错。至于对气味的理解，更是谬以千里。

她立刻意识到，自己需要一个专业、友善的平台去纠正错误、输出观点。早在邀请制时期，谢佳眉就是知乎的忠实用户。此时，她开始以知乎为阵地，向网友们普及关于香水的一切。

在知乎上，谢佳眉获赞同数最高的两个答案分别是"新手如何入门香水"和"香水应该涂在哪里，怎样涂"，写于 2013 年和 2015 年。对于那些想要了解香水的人来说，这是两个具有启蒙意义的回答。

但谢佳眉并不满足于此。在知乎回答香水问题的过程，也是她梳理知识、深入思考的过程。入行时间越久，她就越发现，香水里承载着更厚重的文化意义。

谢佳眉在知乎回答过一个脑洞问题，"什么样的香水闻起来显胖？"她试着从那些让人长胖的、带有肥厚感的食物入手，去分析闻起来显胖的心理因素。这也促使她思索，气味本身是中性的，但为什么人们在闻到某种原料时就会引发特定的情感想象？

"我们在市面上看到很多热卖的女士香水都是花果香结构，为什么呢？"谢佳眉自问自答，"人类进化了这么多年，谁会讨厌香甜可口的水果，谁会讨厌新鲜芬芳的花？"甜美的水果和花意味着营养丰富、土壤肥沃、适宜居住，象征着一种无法抗拒的美好生活，"这就是我们的本能"。

气味的象征意义往往是人类在文化、习俗、生活中刻意地塑造或自然而然地形成。在她看来，只要有心，用一瓶香水也能闻到历史的沧桑感。对美和幸福的追求刻在人类的基因中，推动着历史车轮滚滚向前。中世纪的欧洲，贵族们对香料的渴望开启了大航海时代，香料如同黄金一般贵重，推动着人类一次次的航行、贸易、交流、种植。

出差期间，谢佳眉参观昆明植研所的种质库，了解植物

"下次，我们可以对着一杯肉桂茶，在心里默默地说：感谢数百上千年的香料历史，让肉桂终于来到我手中。"谢佳眉把这些思考发布在知乎，赢得了众多拥趸。

幸运的是，随着时代进步，许多过去只有王公贵族才能享用的名贵香料，如今在人们眼里已司空见惯。但要真正闻懂一瓶香水的内涵，则需要把"嗅觉好奇心延伸到日常生活中"。

"香水让我对世界的好奇心多了一个维度。"到陌生的城市去旅行，谢佳眉会闻路边的花花草草，去菜市场闻蔬菜、香料。去年到云南，她买到了一种很古老的柑橘品种，果实硕大，装到行李箱里辛辛苦苦带回家，一切开却发现没法吃。"但是我跟你说，味道特别好闻。"一件在普通人看来浪费感情的事情，在她那里却是一个非常有趣的探索过程。

谢佳眉建议人们在季节变换时停下脚步，感受空气中气味的变化，买应季的鲜花装点生活，去超市、公园、中药铺子去探索不同的气味，因为"对香水的欣赏跟我们的生活体验相关"。

这也是她在香水知识普及中一贯的理念：不把香水势利化，而是把它生活化。

童年和故乡的气味

对谢佳眉而言，关于香水的创业是人生中的一篇华章。但香水对她的影响，要从更广的时间跨度去衡量。

她出生在广东潮汕地区，小时候经常感冒，记忆里满是红糖煮生姜汤的辛辣味。直到现在，每次闻到生姜，她都会觉得是一种很治愈的味道。

"我一直认为，香水是一种跨越了时间和空间的美妙之物，维系着记忆与情绪。"踏入香水行业后，谢佳眉一直在等待合适的时机，设计一款带有生姜味道的产品。

推己及人，她觉得每个中国人都有自己喜欢和熟悉的气味。这些气味，正如法国作家普鲁斯特所言，"坚韧不拔地负载着记忆的宏伟大厦"。

在知乎做香水知识普及的这些年，一个问题始终困扰着谢佳眉：西方香水常用的原料，如晚香玉、香根草，都是中国人日常很少接触的植物，了解起来本就困难，更难以有情感上的寄托与共鸣。

这让她下定决心，如果自己做香水品牌，一定要采用中国人熟知、没有文化差异的原料。

2017 年，在知乎举办的线下活动"不知道诊所"上，谢佳眉和合伙人曾鸿推出了三款"阅读"系列香水，分别以作家毛姆、杜拉斯和松尾芭蕉命名。"毛姆"香水大量使用了中国人熟知的香樟，有一次曾鸿喷完后打车，恰好碰上一位小时候经常用香樟木块烧柴火的司机，对方不禁惊叹："你身上的气味跟我小时候闻到的一模一样！"

同样的故事也发生在"松尾芭蕉"香水上。这款融合了茉莉花、水仙花和金银花香的香水似乎有种魔力，打动了天南海北的消费者。在北京，一位旅居海外多年的中年男人闻到茉莉花香，立即想到了曾经遍布大街小巷的大碗茶。在广州，一个嗅到水仙花香的消费者联想到春节，因为每到过年广东人都会买水仙花作为装饰。在福建和潮汕地区，香水中的金银花香让很多人想到盛夏时采摘金银花煮汤或沐浴的传统。

这样的场景让谢佳眉意识到，香水可以超越功能属性，唤起人们温暖的记忆，安抚淡淡的乡愁。"香气在生活中经常被大家所忽视，但在我看来，香气是一个非常感性的东西，它能在潜移默化、不知不觉之间感染你。"

新冠肺炎疫情期间，她和曾鸿本来预想公司的香水销售额会大幅下降，但季度盘点时却惊讶地发现，销量跟上一年同期并没有大的差别。谢佳眉猜测，当人们处于不快乐的状态时，情绪更需要抚慰，而香水就是其中之一："日常戴着口罩，嗅觉暂时断开与外界的连接，反而激发大家摘下口罩时对香气的渴求。"

从业 11 年，她发现中国人对香水的接受程度日渐增高。除了日常使用，在一些重要的人生节点，比如考上大学、恋爱、结婚、走上工作岗位、生日，人们都希望通过香水呈现自己最好的一面，迎接新的生活。

就连她的丈夫，一个曾经认为香水是种打扰的程序员，也开始在桌子上摆上藤条香熏。这让她愈发有信心，当一款糅合了历史、文化和记忆的香水摆在眼前时，"没有人会拒绝让自己的生活变得更好闻"。

在准备"松烟黛墨"香水发布会期间，谢佳眉买来荷花。她说，人们时常觉得"水生调"是一种化工感、不自然的气味，其实自己手里的荷花就有一股类似"水生调"的气味。有些辣椒的叶子也会有

香水里的中国审美

在知乎上，除了咨询各种香水知识，知友们对谢佳眉的职业同样抱有强烈的好奇心，甚至经常有人发私信询问，该如何成为一名评香师。

"其实没有大家想象中那么高大上。"谢佳眉发文章回复，"我更像是一个研究气味的 nerd（呆子），或者一个边工作边学习的学徒，而不是时尚达人。"

工作到第七年，谢佳眉感受到一种明显的局限性：她所在的公司服务着大量中国香水品牌，其中大多面向中端或开架市场，针对价格敏感型用户，产品要求较为简单，而她本人经过长期沉淀，愈发希望能够创立自己的香水品牌。

7 年里，知友的认可和支持是她一直坚持下去的重要原因。当她最终决定离开时，知乎也为她创造了新的契机——现在的合伙人曾鸿看到她在知乎发布的内容，两人一拍即合，创立了全新的香水品牌 AROMAG[英文单词 Aroma（芳香，香味）和 Magazine（杂志）的组合]，中文名为"蕴藉"，寓意"含蓄而不显露"。

"当年推荐我看知乎的朋友，现在是我丈夫；我也通过知乎认识了创业的合伙人与许多工作伙伴。"谢佳眉不禁感慨，"知乎还蛮神奇的，好像总在影响我生活中最重要的事情。"

就像中世纪的葡萄牙人为香料远航，2017 年底，谢佳眉和合伙人也踏上了香水的冒险之旅。他们的目标是做出符合中国人品味的创新型香水。

"从香水的销售额来讲，占据中国市场的主要还是西方大品牌香水，可以说，香水的审美话语权还是掌握在西方品牌手里。"谢佳眉解释说，即使是所谓的"东方香调 Oriental"，也是西方香水界对于阿拉伯、印度等地的异国情调表达。

虽然也有将中国作为灵感来源的香水，但气味上大都奢靡艳丽，难以脱离西方香水对于"东方"的刻板印象甚至误解，与中国人自身对"香"的文化解读与审美喜好相去甚远。

谢佳眉曾经采访过爱马仕调香师让–克罗德·艾列娜（Jean-Claude Ellena），这位传奇大师表达了对中国同行的期盼："使用我们（指西方香水行业）的技术，去表达你们的文化，因为你们的文化源远流长。"

她调研一圈发现，在日益强调创新的中国香水市场，真正能体现中国审美的产品凤毛麟角。一些品牌通过模仿中国特色植物的香气凸显中国风，在她看来是"非常浅表的理解"。

她和曾鸿几经思索，决定从香文化中寻找突破。"中国的香道虽然没有发展出现代的香水形态，但是中国有不次于西方的香文化。"谢佳眉认为，中西方香文化最明显的差别在于用香人群的不同，西方是王公贵族用香，体现奢华，带有炫耀的属性，而中国是以文人用香为主，体现高洁，意在促进思考与创作，获取精神上的抚慰。

由此出发，他们设计出一款名为"松烟黛墨"的产品，以古代的墨香和焚香为灵感，使用中国特有的香调，投射力相对柔和，隐约间透出纸张、墨水和焚香的气味。

这款基于"底层逻辑"设计的香水上架后，在没有任何市场投放和融资的情况下，保持着每年 1 万支的销量。

"对一个小而美的品牌来说，这算是不错的成绩。"2019 年，他们推出了这款单品的衍生版"麝香月"，同样受到市场欢迎。这让谢佳眉觉得，他们对香水里的中国审美"思考方向是对的"。

这种专注产品本身、解构产品底层逻辑的做法同样获得了资本的认可。不久前，有投资人找到谢佳眉和曾鸿，希望他们能够延续这个思路，做出符合中国人审美的化妆品品牌。

在经历了香水行业的冒险之后，那些对香水的坚持与理解，正在将他们推向更广阔的海域。

图书在版编目（CIP）数据

人生没有标准答案 / 知乎研究院著. -- 北京：北京联合出版公司, 2023.3（2024.5重印）
ISBN 978-7-5596-5984-2

Ⅰ. ①人… Ⅱ. ①知… Ⅲ. ①故事—作品集—中国—当代 Ⅳ. ①I247.81

中国版本图书馆CIP数据核字（2022）第251576号

人生没有标准答案

作　　者：知乎研究院
出 品 人：赵红仕
责任编辑：管　文
策　　划：知乎BOOK
出版监制：张　娴　魏　丹
策划编辑：云　逸
营销编辑：张　丛
封面设计：周宴冰
内文排版：小糯米

北京联合出版公司出版
（北京市西城区德外大街83号楼9层　100088）
北京联合天畅文化传播公司发行
北京尚唐印刷包装有限公司印刷　新华书店经销
字数79千字　880毫米×1230毫米　1/16　18.75印张
2023年3月第1版　2024年5月第2次印刷
ISBN 978-7-5596-5984-2
定价：68.00元